KB270928

여행의 기술

- Hommage to Route 7

여행의 기술 Hommage to Route 7

초판 1쇄 인쇄일 2013년 11월 20일 | **초판 1쇄 발행일** 2013년 12월 05일
지은이 김정남 | **펴낸이** 박진숙 | **펴낸곳** 작가정신
책임편집 김종숙 | **편집** 황민지 | **디자인** 정인호
마케팅·홍보 안치환, 지혜 | **디지털 콘텐츠** 김영란 | **재무** 윤서현
인쇄·제본 한영문화사
주소 413-782 경기도 파주시 문발동 파주출판도시 509-2 2층
전화 02 335 2854 | **팩스** 031 944 2858 | **이메일** editor@jakka.co.kr
홈페이지 www.jakka.co.kr | **출판등록** 1987년 11월 14일 제1-537호
ISBN 978-89-7288-518-4 03810

이 도서의 국립중앙도서관 출판시도서목록(CIP)은 서지정보유통지원시스템 홈
페이지(http://seoji.nl.go.kr)와 국가자료공동목록시스템(http://www.nl.go.kr/
kolisnet)에서 이용하실 수 있습니다. (CIP제어번호 : CIP2013024218)

여행의 기술

Hommage to Route 7

김정남 장편소설

작가
정신

차례

1_ 헌 그물코 7

2_ 복수초 23

3_ 향미당 57

4_ 유랑극단 81

5_ 봉별(逢別) 106

6_ 젖무덤 134

7_ 리베라메 158

8_ 밤으로의 긴 여로 184

9_ 그 후로 오랫동안 215

작품 해설 229
작가의 말 247

생은 난처한 사건의 연속이라는
오래된 가르침을 기억하라.

– 호피 족의 '지혜' 중에서

1_ 헌 그물코

다시는 발을 들이지 않을 거라 다짐했던 곳에 스스로 찾아오고 만다. 미시령 터널을 벗어나자 순간이동을 한 것 같은 이역감이 느껴진다. 환기를 시킬 요량으로 차창을 여니 조수석에 앉은 아들이 바람을 피하며 몸을 웅크린다. 삼월의 공기는 아직 차고 맹맹하다. 도시에서는 맞을 수 없는 맑은 바람은 그저 멀겋고 싱겁다. 옆으로 울산바위가 우뚝우뚝 솟아 있고, 그 아래로는 삿허리가 넓고 푸른 치맛자락을 드리우고 있다.

"겸아. 저기, 바다 보이네?"

내가 한 손으로 바다를 가리키며 말한다. 하지만 아이는 손에 쥔 작은 미니어처 자동차를 조몰락거릴 뿐이다. 손에 아무것도 쥐고 다니지 말라고 아이 귀에 못이 박히도록 말하던 아내의 목소리가 금방이라도 들릴 듯하다. 저 멀리 광막하게 펼쳐진 동해는 청옥처럼 차갑게 얼어붙은 것처럼 보인다. 그토록 듣기 싫었던 아내의 잔소리가 맹렬한 그리움으로 가슴을 찌르자, 핸들을 돌려 가드레일을 들이받고 절벽 아래로 곤두박질치고 싶은 생각이 든다.

차가 시내로 들어서자 아이가 차창으로 고개를 돌린다. 하지만 여전히 유리창에 장난감 차를 대고 움직이며 자신의 세계 속에 빠져 있을 뿐이다. 순간 아이의 입에서 터져 나온 느닷없는 웃음은 쉬이 멈추지 않는다. 왜 웃는지 그 이유를 알 수만 있다면, 나 역시도 잔소리를 입에 달고 살지는 않았을 것이다.

대시보드 위에 깜박이는 시계는 오전 열 시를 가리키고 있다. 아침밥도 제대로 먹지 못하고 무작정 길을 나선 아이가 가여운 생각이 든다.

"배고파?"

"배고파요. 아침 먹을래요."

겸이가 앳된 목소리로 또박또박 말한다.

나이로는 초등학교 4학년에 다니고 있어야 하지만, 2학년 때 학교를 그만둔 뒤 아예 집에 눌러앉았다. 아내는 교과서를 사들이고, 이른바 홈스쿨링을 시작했다. 아버지랍시고 이리저리 거들기는 했지만, 학습에 대해서만큼은 전적으로 아내의 몫이었다. 가령 수학에 나오는 분수 개념을 이해시키는 데도 아내의 머리는 터져나가고 속은 새까맣게 탔다. 어쩌면 애초부터 아무런 소용이 없는 짓인지도 몰랐다. 그러나 아내는 온 맘을 다해 닫혀 있는 아이의 마음을 열고, 돌덩이처럼 굳어버린 아이의 머릿속을 비집고 작은 지식이라도 우겨 넣기 위해 애면글면했다. 아이는 학습을 완강히 거부했고, 이유없이 생떼를 쓰며 아내를 괴롭혔다. 그 시달림 속에서 그녀는 시들고 상처 입고 깊이깊이 곪아갔다. 그런 아내가 아파트에서 몸을 던지지 않은 것만으로도 기적이었다.

도로 한쪽에 차를 대자 아이가 반사적으로 차문을 열고 나간다. 조수석 쪽이 인도여서 상관이 없지만, 거기가 차도여도 마찬가지로 벌컥 문을 열었을 것이다. 한 치 앞도 내다보지 못하고 그저 자신의 생각대로 움직이는 아이 때문에 나와 아내는 늘 바짝바짝 신경이 곤두섰다. 겸아, 기다려. 겸아, 잠깐만. 겸아, 안 돼. 이런 말들 속에서 아이도 행복했을 리 없을 것이다. 아이는 길가에 있는 식당 안으로 성큼성큼 걸어 들어간다. 나도 뒤따라 들어가 아이를 한쪽 의자에 앉히고 순댓국 두 그릇을 주문한다. 하고많은 식당 중에 나도 모르게 멈춰 선 곳이 순댓국집이라니, 습관이란 참으로 무서운 것이다. 평생 순댓국만 퍼먹다 저세상으로 간 아버지는 나를 다시 이곳으로 부른 것이다.

아이는 식탁 위에 맥퀸이라는 자동차를 올려놓고 놀이에 빠져 있다. 순댓국이 나오자 아이는 곧바로 숟가락을 국에 넣어 순대를 건저 올린다. 뜨겁다고 말하기도 전에 순대를 입으로 가져간 아이는 그만 숟가락을 놓치고 만다. 나는 급히 컵에 물을 따라 아이의 덴 입술에 가져간다. 다행히도 많이 덴 것 같지는 않다. 아이는 본능적으로 입술을 빨며 열을 식힌다.

"조심하지 않고. 괜찮아?"

분명 아이에게 하는 말이지만, 식당 안에서의 소란을 무마하기 위한 것이다. 식당 주인도 급히 행주를 들고 나와 자리를 닦아준다. 아이는 다시 안정을 찾은 것 같다.

작은 접시에 순대를 덜어 식혀주니, 그제야 자기도 후후 불어가며 한 점을 입에 넣는다. 먹는 것 하나는 야무지다. 저렇게 포동포동 오른 살과 훌쩍 큰 키만큼 마음도 자라길 얼마나 바랐던가. 저 아이와 나는 왜 이 길을 나섰는가. 그리고 어디서 이 길을 마감할 것인가. 이 년 전 집을 나간 아내는 아무런 연락이 없다.

고향에 온 것을 바로 이 순댓국이 말해주고 있다. 잡내가 전혀 나지 않는 담백하고 고소한 감칠맛은 잠시 생의 비극을 마취시키는 것 같다. 아이도 부추를 넣어가며 순댓국 맛에 빠져 한 그릇을 다 비운다. 여기저기 흘린 국물을 닦고, 너저분하게 흩어진 휴지를 한데 모은다. 앉았던 자리를 보면 그 사람이 보인다는 말을 새삼스럽게 떠올린다.

식당을 나서자 쌀쌀한 봄바람이 옷깃을 파고든다. 아이를 차에 태우고 담배를 한 대 피워 문다. 어디로 갈까, 어디에 가고 싶은가, 스스로에게 자꾸 물어본다. 정오의 태양은 부신 빛을 쏟아붓는다. 갈 길을 잃어버린 벌레처럼 마음이 어수선하다. 차 안에 겸이가 우두커니 앉아 있는 모습이 보인다. 저 애처로운 짐승을 어쩐단 말인가. 이번 여행의 첫 번째 기항지가 여기인 것은 이곳이 비루한 내 생의 본향이기 때문이겠지만, 이 우연을 가장한 필연이 못내 저주스럽다.

아버지는 집안의 장남이었고 당시 함흥상업학교까지 졸업한 수재였다. 그는 일본 관리들과 척을 지고 지낼 수 없는 큰 지주 집안의 장남이었다. 할아버지가 큰 국수 공장까지 차려놓을 정도였다니 일본인들도 무시할 수 없었다고 했다. 그런 그가 전운이 감돌던 무렵 삼팔선을 넘은 것은, 혁명 이후 집안 재산이 모두 국가에 몰수되고 그로 인해 집안이 풍비박산이 나, 일단은 장남만이라도 살려보자는 생각에 오촌 당숙이 살고 있는 속초로 내려가 있으라는 부모의 말이 있었기 때문이었다. 그 후 전쟁이 터지고 그는 몇 번이나 집에 다시 돌아가려 했다. 하지만 피란민들의 대열에 휩쓸려 울진까지 내려왔다가, 다시 올라가는 국군을 따라가던 중 그만 휴전이 되는 바람에, 그 후로 영영 돌아갈 수 없는 신세가 되고 말았다. 당숙네에 와보니 집은 폭격에 무너지고, 당숙은 물론 그의 가족들도 다시 돌아오지 않았다. 모두가 아버지에게 수없이 들었던 얘기다.

그랬던 그가 속초에 정착하고, 어업조합 서기로 일하면서 남한 여자를 만나 결혼해서 가정을 이룰 수 있었던 것은 아무래도 그가 배운 사람이기 때문이었을 것이다. 당시 함경도 출신 피란민들이 청초호 곁에 있는 모래사장에 토굴을 파고 살았던 것에 비하면 그의 처지는 그다지 괴롭지 않았다. 훗날 사람들은 그곳을 아바이마을이라고 불렀고, 아버지는 나에게 그곳 판자촌에 가선 안 된다고 누차 얘기하곤 했다. 더러 고향 사람들도 섞여 있었겠지만, 한때 이북에서 떵떵거리고 살았던 집안의 장남으로서 빈민굴이나 다름이 없었던 그곳을 꺼린 것은 어쩌면 당연한 일인지도 몰랐다.

나의 아버지가 속초 시장의 쌀집 딸과 결혼하게 된 것도, 그의 준수한 외모와 식자 풍모 덕택이었다. 처음에는 셋방이었지만, 나중엔 하숙집이 되었고, 마침내 처가가 된 것이었다. 당시 열아홉 살이었던 어머니가 마당가에서 빨래를 하고 있는 모습을 보고, 아버지는 첫눈에 반했다고 했다. 아버지가 슬쩍 내놓은 빨래들의 옷깃과 솔기에는 늘 새하얗게 서캐가 껴 있었다는데, 아버지가 빨래를 왜 내놓았는지, 하숙집 딸이 그것을 왜 빨았는지는 모르지만, 아무래도 그녀는 오래도록 그 일을 하게 되리란 걸 짐작했을 것이다. 아버지는 아들이 없는 처가에서 데릴사위처럼 집 안 곳곳의 힘쓰는 일들을 찾아 하게 되었다. 비가 새는 지붕을 고치고, 허물어진 담장을 다시 쌓고, 전기를 들여 캄캄한 방에 백열등을 달았다.

차창 밖 풍경이 낯설다. 도로는 넓어졌고 큰 건물들이나 엑스포 타워 같은 조형물들이 세워져 있다. 시간이 모든 것을 바꿔놓았지만, 청호동을 향하는 길은 거의 본능에 가깝다. 아이는 여전히 자동차를 손에 꼭 쥔 채 멍한 눈으로 차창을 내다보고 있다.

"겸아, 어디 가는 줄 알아?"

아이는 아무 말도 하지 않고 신발로 콘솔 박스를 톡톡 찬다. 이럴 때마다 잔소리를 늘어놓았지만 더 이상 아무것도 지적하고 싶지 않다. 그러다가 겸이가 말한다.

"바다!"

아이는 물에 가까워졌음을 본능적으로 알고 있다. 이런 아이를 두고 나는 지금 무엇을 하려는 것인가.

청호대교를 건너 해변으로 이어지는 도로로 차를 몰아, 바다가 보이는 길 한쪽에 차를 세운다. 반사적으로 차문을 열고 내리려는 아이의 손을 잡아 그대로 의자에 앉힌다. 제지를 당한 아이는 대신 차창을 내린다. 바닷바람이 훅, 하고 밀려든다. 짠내 섞인 이 비릿한 냄새는 내 유년의 기억 속에 해무처럼 짙게 드리워져 있다. 바닷가 백사장이 놀이터이자 학교였다. 여름철이면 온종일 외옹치 해변에 나가 온몸이 새까맣게 타는 줄도 모르게 놀았고, 등짝은 늘 마른 박달나무처럼 살 껍질이 일었다. 그러나 대부분 혼자였다. 따돌림을 당한 것은 아니었는데, 그냥 혼자가 편하고 좋았다. 지금 내 옆에 있는 아이처럼. 벌거숭이 몸으로 따가운 햇살을 등에 지고 바닷물을 다 빨아들일 듯이 거푸 자맥질을 하고 나서, 백사장에 누워 가쁜 숨을 고르고 있으면 자전하는 지구의 속도가 느껴질 만큼 세상은 고요하고 아득했다. 그때 느꼈던 홀황(惚恍)한 외로움은 내 운명의 항로를 이미 결정한 것이었다.

혼자 밖으로 나가 바닷바람을 맞는다. 담배를 한 대 빼어 물까 하다가 차 안에 앉아 있는 겸이가 눈에 들어와, 조수석의 문을 열어 아이를 불러낸다. 겸이가 내 손을 잡는다. 축축하고 따뜻하다. 그 손바닥 사이로 바람이 지나간다. 내 가슴속에도 속을 훑어낼 듯 시린 바람이 지나간다. 겸아, 우리의 운명은 어디서부터 빗나간 것이냐. 3.8킬로그램 남자 아깁니다, 라는 간호사의 목소리와 함께 흰 강보에 싸여 있는 너를 처음 보았을 때, 눈자위가 뜨끈해지며 금세 눈앞이 뿌예졌단다. 어린 시절, 자주 열경기를 해서 속을 썩였지만, 그것이 너의 머릿속에 어떤 생채기를 낸 것인지, 그게 얼마나 깊고 크기에 너는 너의 세계 속에서 걸어 나오지 못하는 것이냐. 대답 없는 무수한 질문들을 또다시 습관처럼 되뇐다. 이 년 전, 지옥문을 열고 떠난 아내는 지금껏 아무런 소식이 없다. 그때 난 차라리 후련했다. 너라도 살아야 하지 않겠니, 하면서.

겸이가 조개껍데기를 주워 바다를 향해 던진다. 유아기의 아기라면 귀여울 수도 있는 폼이지만, 열한 살 아이치고는 어정뜨기만 하다. 이쯤 되면 운동신경이 없다고 해야 할 것이다. 운이 좋으면 바람을 타고 멀리 나른다. 그때마다 아이는 괴성에 가까운 날카로운 고함을 지른다. 세상에 친구라고는 나와 제 엄마밖에 없는 아이. 그중에서 하나마저 잃어버린 아이.

아이는 조개 던지기에 싫증이 났는지 무심하게 바다를 바라본다.

"겸아, 다 놀았어?"

내가 다가가 어르듯 말한다.

"이제 집에 갈까요?"

아이가 곧바로 대답한다. 예사롭지 않은 반응이다. 자기도 그만큼 집이 그리운 거다. 아니면 이 여행길이 불안하다는 직감이 들어서인가.

"아빠랑 엄마한테 가기로 했잖아."

내가 다시 여행의 의미를 환기시켜 준다. 그러나 아이는 아무 말이 없다. 다시 차로 돌아가기 위해 백사장을 걸어 나온다. 이윽고 겸이가 혼잣말로 엄마, 라고 짧게 말한다. 나도 모르게 눈동자가 아리다.

아바이마을은 이제 여느 관광지나 다름없다. 드라마 〈가을동화〉
와 오락프로그램 〈1박 2일〉의 배경이 된 후로, 갯배도 이런저런 식
당들도 관광 소품이 되어버린 느낌이다. 갯배에는 더 이상 애환
의 냄새는 나지 않고, 방송 출연 화면을 내건 식당들도 호들갑스
럽다. 여기저기 걸린 아바이 순대 간판을 보자, 상에 순대가 끊긴
적이 없었던 어린 시절이 떠오른다. 어머니는 김이 폴폴 나는 뜨끈
한 순대를 사다 어슷어슷 썰어 내놓기도 하고, 술을 좋아하는 아버
지를 위해 매일 순댓국을 끓였다. 게다가 그것이 남거나 식으면 계
란을 입혀 노릇노릇하게 굽기도 했다.

어린 시절 살림살이는 넉넉하지는 않아도 먹고사는 데 큰 지장
이 없는 정도는 되었다. 아버지는 매일 하얀 와이셔츠에 넥타이
를 단정하게 매고, 뿔로 된 반무테 안경을 멋들어지게 쓰고 출근
했다. 그가 바다에 나가는 것은 낚시를 할 때 말고는 없었다. 그는
사철 비린내가 가시지 않는 어부도 뱃사람도 아니었다. 어머니도
항구에서 그물을 손질하거나 공판장에서 고함을 치는 어촌의 여
느 촌부처럼 살지 않았다. 누나의 교복 칼라는 언제나 눈부시도록

희었고 양갈래로 딴 머리는 늘 단정했다. 딸뿐만 아니라 당신도 정갈하게 가꿀 줄 아는 단아한 여인이었다. 내가 학교가 끝나도 돌아오지 않으면 어머니는 곱게 머리를 빗고 중앙동 금은방 앞에 서서 나를 기다렸다.

누나 이후로 셋을 유산하고 늦둥이로 나를 본 것은, 어머니의 나이가 마흔 줄에 들어서던 때였고, 누나는 이미 중학교에 올라가 있었다. 아기집이 미끄러워 자꾸 애를 놓친다고 아버지가 농을 하며 넘어갔다고는 하지만, 그 역시 아들인 나를 귀히 여겼던 것만은 분명했다.

아바이마을에 그런대로 집 모양을 갖춘 주택들이 들어선 것은 70년대 초부터였다고 했다. 주물럭집이라고 이름 붙여진 실비집에 단골이 되었던 아버지는 거기서 우연히 고향 여자를 만났다. 그녀는 아바이마을에서 피란살이를 했고 거기서 같은 고향 출신인 사내에게 시집을 갔지만, 배를 탔던 남편이 풍랑에 죽어서 먹고살기 위해 어쩔 수 없이 술집을 차릴 수밖에 없었노라고 말했다고 했다. 사람들도 아버지가 그저 단골손님으로 그 집에 출입한 것이라 여겼고, 둘의 관계는 몇 년 동안 아무도 몰랐다고 했다. 아버지는 별 탈 없이 조합에 다녔고, 직위도 올라서 실향민 축에선 그나마 출세한 사람에 속했다. 어머니의 말에 따르면 아버지는 두 집 살림만 차리지 않았지, 그 여인네의 살림살이를 뒤에서 다 챙겨주었다고 했다. 빚보증도 서주고, 심지어 술집에 양철 탁자까지 놓아주었다고 들었다. 뒤늦게 찾아온 한 여인에 대한 아버지의 순정이 발각된 것은 이 모든 사정을 다 알고 있는 그녀의 남편이었다. 그녀는 과부가 아니었다. 처음엔 봉 잡았다 싶었지만, 아버지의 자상하고 섬세한 모습에 여자도 점점 빠져들었을 것이다. 남편도 처음엔 물주인가 보다 싶어 이를 묵인했지만, 점점 깊어가는 이들의 관계를 눈치채고, 어느 날 만취 상태로 가게에 들어왔다고 했다. 한낮에 아버지는 술집에 연탄난로를 놓아주고 있었고, 낮술에 엉망으로 취해버린 그녀의 남편은 조금의 망설임도 없이 손에 들고 있던 사시미 칼로 아버지의 복부를 난자했다고 했다.

조합 사무실에 있어야 할 아버지가 그 시간에 거기에 있었다는 사실이 충격적이긴 했으나 어찌 보면 충분히 가능한 일이었다. 사랑이라는 게 그런 것이고, 또 아버지의 직위로 볼 때 늘 사무실을 지켜야만 하는 건 아니었을 테니까. 그러나 묘한 악연은 아버지를 죽인 그 역시 정평 사람이라는 사실이었다. 술집 여자의 말에 따르면 그는 아버지를 죽이면서 이렇게 말했다고 했다. "남쪽에 와서도 요렇게 개지랄 떨고 있었음메? 더러운 지주 새끼!" 그는 고향 아버지 집의 소작농의 자식이었다. 내가 이 사건의 전말을 알고 있는 것은 아버지의 불륜을 아들인 나에게 소상히 까발리고야 말겠다는 어머니의 소심한 복수 때문이었다. 당시 열 살 무렵이었던 나는 아버지의 죽음을 받아들이기 어려웠다. 주물럭이라는 음식 이름에 음탕한 어감이 따라다니는 것도 그 때문이다. 함흥 실비집 주물럭, 주물럭, 조몰락조몰락, 조몰락조몰락……. 그 기억은 오래 남아, 중학교에 올라가던 해 그 단어만으로도 첫 자위를 했다.

겸이와 다시 차로 돌아온다. 아이의 볼은 쌀쌀한 봄바람에 발갛게 상기되어 있다. 한랭두드러기를 앓고 있어서 피부가 올록볼록 부풀어 올라 있다. 심하게 긁는 것은 아니지만, 몸의 면역 체계에 뭔가 문제가 있다는 뜻일 것이다. 사랑이 부족한 아이다. 어쩌면 순백의 영혼을 이 세상이 받아주질 못하는지 모른다. 아니면 이 세상에 몸을 섞을 수 없거나. 곧 저녁때가 찾아올 거다. 어디에 가서 몸을 뉘어야 하나. 저 어린 영혼을 품에 안고 잠시 쉴 수 있는 곳은 어디일까. 아버지가 비명에 죽어간 이곳을 나는 왜 다시 서성이고 있나. 세상은 단 한 번도 나에게 안식을 주지 않았다. 자꾸 뒤를 돌아본다는 것은 지나온 생이 억울한 거지. 상처가 지워지지 않고 있다는 거지.

"겸아, 저녁 먹으러 갈까?"

아이는 아무 말이 없다. 이젠 돌아갈 집도 없는데, 이 땅에 너를 데리고 가서 쉴 한 평 땅도 없구나.

갑자기 아이가 영문도 없이 까르르 웃는다.

"왜 웃어?"

"자동차가 웃겨요."

"자동차가 왜 웃겨?"

"맥퀸이 넘어졌어요."

아이의 머릿속에 애니메이션의 한 장면이 떠올랐나 보다. 현실과 아무런 맥락이 닿지 않는 생각 속에 갇혀 있는 아이를 생각하자, 맥이 풀리고 기분은 밑도 없이 바닥으로 꺼진다. 겸아, 맥퀸이 넘어진 게 아니라 네 아비가 넘어졌단다. 이젠 다시 일어설 수도 없단다. 철저하게 버려졌단다. 눈물이 핑 돌았지만, 이런 것이 세상에 대한 증오의 감정을 희석시킬 것 같아, 어금니를 앙다문다.

청초호에 붉은 석양이 물들기 시작한다. 여기에 오는 게 아니었다는 때늦은 후회가 인다. 하지만 여행은 오늘부터다. 내 원적지가 바로 이곳이므로. 내 상처의 뿌리가 여기이므로. 난 헌 그물코에 스스로 걸려든 물고기다. 비루한 몸이지만 때가 되니 배가 고프다. 이 허기의 원적지는 어디인가.

땅거미가 지기도 전에 설악산의 산 그림자가 길게 누워, 서둘러 어둠이 온다. 산 아래로 보이는 아파트에 점점이 불이 들어온다. 누군가의 보금자리들. 나도 어딘가 스며들 곳이 있었으면 좋겠다고 생각한다.

"아빠, 밥 먹을까요?"

겸이가 불쑥 말을 걸어온다. 아이가 맥 빠진 생각을 끊어준다. 그래, 어디든 가서 아이의 배를 든든히 채워주어야겠다.

"고기 먹을까?"

"네!"

아이가 제법 씩씩한 목소리로 말한다. 식당 어디를 가든 우린 다정한 부자로 보일 수 있다, 보일 것이다, 보여야 한다.

2_ 복수초

시끄러운 텔레비전 소리에 잠이 깬다. 요란한 웃음과 수다가 이어지더니 노래를 부른다. 실눈을 뜨고 주위를 둘러본다. 몇몇 사람들이 똑같은 옷을 입고 여기저기 패잔병처럼 널브러져 있다. 여긴 찜질방이다. 아이를 앉혀놓고 맥주라도 마실 수 있는 곳을 찾다가 기어들어 왔다. 게다가 찜질복만 입으면 나나 아이나 모두 편할 뿐만 아니라 숙식을 한꺼번에 해결할 수 있기 때문이다. 겸이가 어디에 있는지 주위를 둘러본다. 텔레비전에서는 모녀로 보이는 사람이 서로를 마주보며 〈모정의 세월〉을 부른다. 무대에는 '아침마당 ─가족이 부른다'라는 프로그램명이 돋을새김되어 있다. 누구한테 배웠는지 나이에 맞지 않게 여자아이의 목소리도 제법 구성지다. 서로 따뜻한 눈빛을 나누며 노래를 부르는 그들을 보자 불쑥 질시의 마음이 돋친다.

겸이는 어디에 간 걸까. 눈은 겨우 떴는데 몸을 일으킬 힘이 없다. 바닥은 따뜻하지만 이불을 덮고 자지 않아서 그런지 온몸에 으스스 한기가 돈다. 아이를 찾기 위해 몸을 일으킨다. 아이는 저기 환하게 불을 밝힌 통유리창 앞에 매달려 있다. 그 안에 있는 사람들은 분명 아이를 이상하게 볼 것이다. 얼른 일어나 아이에게 다가간다. 거긴 식당이다. 몇몇 사람들이 두 테이블 정도를 차지하고 밥을 먹고 있다. 밥을 먹고 있는 이들을 부러운 듯 바라보는 아이가 안쓰럽다. 다행히 안에 있는 사람들은 이런 아이를 그다지 신경 쓰지 않는 눈치다.

"겸아, 배고파? 밥 먹을까?"

아이의 행동에 짜증이 났지만 부러 다정하게 말한다. 아이는 다짜고짜 내 손목을 잡고 식당 안으로 나를 끌고 간다. 아이의 손아귀 힘이 제법 억세다.

식당은 이른바 셀프로 운영되고 있다. 주방에 있는 아줌마에게 미역국 두 그릇을 주문한 뒤 옷장 키텍을 건네고 계산을 한다. 아이와 빈자리에 가 앉는다. 아직 잠이 덜 깬 부스스한 표정으로 앉아 있자니 머쓱한 기분이다. 손바닥으로 마른세수를 몇 번 하고 눈가에 매달린 눈곱을 떼어낸다. 아이가 멍하니 앉아서 나를 바라보고 있다. 식구나 연인들끼리 밥을 먹는 모습에서 아이는 무엇을 느낀 걸까. 아이는 아내가 집을 나간 뒤로도 제 엄마를 크게 찾지 않았다. 그렇지만 아이도 본능적으로 가족의 울타리가 뭔지, 엄마의 따뜻함이 뭔지 알지 않겠는가.

미역국과 밥과 간단한 반찬을 담은 쟁반을 들고 온다. 아이가 제 앞에 놓인 숟가락을 반사적으로 든다. 먹는 것만은 가르쳐주지 않아도 잘한다. 애는 먹는 거 하나는 복스럽게 먹어, 라고 말했던 아내의 부질없는 상찬의 말이 떠오른다. 아마 복 받을 거야, 라고 말했던 나의 헛된 맞장구도 따라온다. 아이는 젓가락으로 미역을 건져 올려 후후 불어가며 먹는다. 먹는 건 저렇게 잘하는 놈이, 왜 자신의 생각과 충동을 제어하지 못하는지, 왜 자신이 세운 환상 속에 스스로 갇혀 있는지, 도통 이해가 되지 않는다.

아이에게 자폐적 소인이 두드러지게 나타난 것은 일곱 살 무렵이었다. 유치원에 보냈을 때였다. 아이들과 섞이지 못하고, 혼자

고무찰흙이나 블록만 가지고 논다는 얘기를 교사를 통해서 들었던 것이 그때였다. 처음엔 외동아들이다 보니까 사회성이 부족해서 그런가 보다 했는데, 아이는 일체의 모둠 활동에서 열외가 되고 말았다. 매번 선생님을 찾고 매달리니까 유치원에서도 아이를 좋아하지 않았다. 아침 아홉 시에 집을 나서서 오후 두 시에 돌아오는 시간까지 아이는 오로지 버티기만 했을 뿐이다. 아이는 아이대로 얼마나 힘이 들었을까. 한번은 이 층 교실에서 바깥으로 난 시멘트 계단에서 굴러떨어진 적도 있었다. 수업이 끝나자 아이들이 계단으로 일시에 몰리면서 넘어진 것이라고 했다. 누가 밀었는지 알 수도 없었다. 아이는 얼굴의 절반을 시멘트 바닥에 갈았고 광대뼈엔 시퍼런 멍이 들었다. 당연히 유치원에 항의를 했고 이에 원장은 정말 죄송하다며 교사가 하원 지도를 소홀히 해서 그랬으니, 병원비를 청구하면 비용을 부담하겠다고 했다. 나 역시도 그 자리에 함께 있었는데, 원장의 얼굴에는 진심이 조금도 느껴지지 않았다. 유치원이야 끊어버리면 되지만, 사과를 하는 데도 그처럼 당당할 수 있는 것을 보면 그들이 내 아이를 어떻게 대했는지 알 듯했다. 원장의 얼굴에는 이렇게 씌어 있었다. 운동신경이 둔해서 그런 거지, 뭐.

아이는 곧바로 유치원을 그만두었고, 다행히 얼마 있으면 사라질 작은 흉터만 남았다. 대신 소아정신과와 언어클리닉, 스피치 학원, 수영장을 순례하며 하루를 보냈다. 아내는 아침부터 저녁까지 아이의 운전기사 노릇을 하며 이곳저곳을 돌았다. 약물 치료, 심리 치료, 운동 치료를 모두 병행하는 셈이었지만 아이는 조금도 나아지지 않았다. 아이도 그저 그 시간을 견딜 뿐 자신에게 일어나고 있는 문제가 무엇인지 알지 못했다. 아이가 어딘가 들어가면 아내는 주차장에서 아이를 기다렸고, 아이가 나오면 다시 차에 태우고 또 어딘가로 가서 아이를 들여보내고 다시 주차장에서 기다리다가, 아이가 나오면 또 차에 태워……. 아내는 언제나 파김치가 되어 있었다. 베란다에서 뛰어내리고 싶다는 말이 무시로 튀어나왔다. 너를 만나서 내 인생을 망쳤다는 말도 어김없이 따라왔다.

찜질방을 빠져나온다. 말끔하게 씻은 아이의 얼굴이 투명하다. 삼월 초순이지만 날씨가 제법 포근하다. 봄볕이 부시게 쏟아지고 도로엔 차들이 내는 소음으로 가득하다. 주차장으로 가 아이를 차에 태우고 시동을 건다. 이제 어디로 갈까. 네비게이션이 부팅하면서 건조한 여자 목소리가 흘러나온다. 네비와 함께 즐거운 운전……. 시거잭에 꽂혀 있는 어댑터를 신경질적으로 빼버린다.

일단 속초를 빠져나가기로 한다. 차머리를 남쪽으로 향한다. 7번 국도다. 옆으로 푸른 봄바다가 한없이 펼쳐진다. 겸이는 자동차를 손에 꼭 쥐고 가만히 앉아 있다. 여느 아이들처럼 아무 얘기나 했으면 싶지만 아이가 조용할 때는 그나마 편안하다는 뜻이다. 갑자기 괴상한 음성으로 웃거나 사람을 영문없이 때리거나 같은 말을 반복하며 떼를 쓸 때면, 이를 진정시키기 위해 진땀을 빼야 하니까 말이다. 자신이 원하는 방향으로 일이 이루어지지 않으면 달리는 차에서도 발광을 했다. 음료수 사주세요. 여기서 어떻게 사? 조금만 기다려. 왜요? 왜요? 음료수 사주세요. 저기 편의점 있어요. 음료수, 음료수, 왜 안 돼요? 여기서 뛰어내릴래요, 뛰어내릴래요, 뛰어내릴래요. 겸아, 그만하자. 조금만 기다려. 왜요? 왜요? 왜요? 왜요?

다행히 이번 길에는 아직 한 번도 이런 일이 일어나지 않았다. 그것만으로도 얼마나 다행인지 모른다. 아이가 한번 이런 식으로 떼를 쓰면 나 역시도 어딘가 들이받고 같이 죽어버리고 싶었다. 그러나 산목숨을 끊는 일은 쉽지 않았다. 다 같이 죽어버리면 몰라도.

양양이 가까워진다. 7번 국도 어디를 가더라도 내 상처의 압점들이 점점이 박혀 있다. 나를 키운 누나가 있는 곳에 간다.

아버지가 죽자 어머니는 속초를 떠났다. 대처로 나가보자며 떠난 곳이 강릉이었다. 아버지가 쥰 월급에서 떼어내 꼬박꼬박 모이둔 돈으로 어머니는 중앙 시장에서 포목점을 차렸다. 아침에 시장에 나가면 어머니는 캄캄해져서야 집에 돌아왔다. 일요일도 쉬는 법이 없었다. 집에 있으면 우울해져서, 가게에서 일하고 시장 사람들과 얘기하면서 지내는 게 좋다고 했다. 그 대신 고등학교를 마친 누나는 집 안에서 살림하며 늦둥이인 나를 아들처럼 먹이고 입혔다. 아무리 촌에서 여자가 대학에 가는 일이 드물다고 해도, 누나라고 꿈이 없었겠는가. 지역에 있는 이름 없는 대학이라도 가고 싶었을 것이다. 공부라도 못했으면 억울하지나 않겠지만, 그녀는 전교에서도 손꼽히는 우등생이었다. 담임선생까지 가게로 찾아와 누나를 대학에 꼭 보내야 한다고 어머니를 설득했을 정도였으니까. 그러나 누나는 묵묵히 살림을 했다. 가끔, 아주 가끔 익지 않은 감자볶음이 도시락 반찬에서 나오기도 했고 김치를 담은 유리병이 새기도 했지만 누나는 나에게 엄마였다. 학교에 갔다 오면 늘 누나가 있었고, 누나 곁에 있으면 달콤한 냄새가 났다. 누나가 부엌에서 파를 다듬고 있으면 그 곁에서 같이 거들었고, 누나가 간장 통을 가져오라면 가져갔고, 누나가 아무 말을 하지 않아도 빨래를 걷었다. 나는 누나에게 칭찬을 듣는 것이 좋았고 그럴 때마다 웃어주는 누나가 예뻤다. 나는 아무런 꿈도 없었다. 동네에 친구도 없었다. 미래의 꿈 따위는 더더욱 없었다. 그저 누나와 있는 것만 좋았다. 누나는 엄마였고 친구였고 성모였다.

어머니는 중앙시장에서 일어난 불로 포목점의 수많은 천들과 함께 훨훨 타 하늘로 갔다. 내가 운 좋게 서울에 있는 대학에서 합격 통보를 받고, 입학식까지 두 달여의 시간을 호기롭게 탕진하던 때였다. 서울 소재 대학에 간신히 합격한 것도 대학에서 주최하는 고교백일장에서 몇 번 입상한 경력이 힘이 되었다. 이른바 문예 특기생이라는 것이었는데, 제일 슬픈 것이 가장 문학적인 것이라고 착각하고 있던 얼치기 문학 소년이었을 뿐이었다. 어머니의 죽음 이후 나는 급속도로 침울해졌고, 서울에서의 대학 생활도 그저 막막하기만 했다. 이제 아무도 없구나. 비로소 고아가 되었구나.

그러나 나에겐 단 한 사람의 피붙이가 있었다. 그건 누나였다. 그런 누나가 양양에 있다. 누나는 미천(米川)골에서 펜션을 하고 있다. 거기에 가야겠다. 하늘아채 펜션. 하늘 아래에 있는 집이라는 뜻이라고 했다. 펜션을 짓고 이름을 붙일 때, 누나가 전화로 물었다.

"작가 선생님, 펜션 이름이 어떤가?"

누나는 내가 소설가가 된 것이 제일 기쁘다고 했고, 무명이나마 내가 글쟁이가 된 후로 항상 나를 이렇게 불렀다. 내가 첫 소설책을 냈을 때, 한 지방지에서 다룬 서평과 인터뷰 기사를 오려 액자에 넣어 펜션 현관에 걸어둘 정도였으니, 그 마음은 어머니와 같은 것이었다.

"좋아요. 누나가 시인이네, 시인!"

아무렴, 내 누나의 감각에서 산골 처녀 펜션의 촌스러움이나 그린토피아 펜션의 이물스러움이 나올 리 없었다.

차는 양양 읍내를 지나 구룡령 방향으로 들어선다. 양양 양수발전소를 지나자 급커브 길이 나타난다. 아이가 멀미라도 할까 걱정이 되어 가급적 천천히 운전을 한다. 누나에게 미리 연락을 한 것도 아니고, 주말이라 펜션에 손님들이 많을 텐데, 갑자기 나와 아이가 들이닥쳐 불편을 끼치는 것이 아닐까 하는 생각이 든다. 그러나 어쩔 수 없는 일이다. 이미 길은 누나에게로 향하고 있다.

누나는 집에서 근 십 년 동안 살림을 하고, 어머니가 부나방처럼 세상을 떠나자 스물아홉 살 봄에 시집을 갔다. 집도 허물어져 택지로 개발되었다. 몇 푼 나온 토지 보상금은 부모가 내게 남긴 유일한 유산인 셈이었고, 그 돈으로 대학을 간신히 마칠 수 있었다. 내가 산 흔적은 모두 부서졌다. 그래도 상처가 남는다고 아무리 강변해보아도 이젠 물증이 없으니 다음은 네가 망각할 차례라고 세상은 가르치고 있었다.

부모를 칼과 불에 잃은 우리의 운명도 기구하지만, 누나의 결혼 생활은 더 기가 막혔다. 어머니의 포목점에 자주 들르던 한 교회 권사가 누나의 중신을 선 것이었다. 권사는 어머니도 없이 혼자 사는 누나를 안쓰러워했다. 그는 권사의 먼 친척 조카뻘 되는 남자였는데, 독실한 기독교인이면서 중학교 영어 선생이었다. 누나는 예수쟁이보다 영어 선생이라는 데 더 큰 호감이 있었을 것이다. 결국 얼굴 한 번 보고, 교회에서 결혼식을 올리는 데까지 한 달도 걸리지 않았다. 나도 잠깐 강릉에 내려와 그를 보았는데 남자치고는 인물도 곱상했을 뿐만 아니라 선생 특유의 단정함도 갖춘 예의 바른 사람이었다. 단지 내성적이고 소극적인 면이 느껴졌지만, 선생 일

이란 게 크게 힘을 쓰는 일이 아니니, 우락부락한 것보다 다정다감
한 게 좋겠다 싶었다. 더욱이 누나도 그 남자에게 호감을 느끼는
것 같았다.

　나 역시도 누나의 사랑을 빼앗긴다는 치기 어린 생각을 하기에
는 이미 나이가 들었다. 이제 희생을 강요당했던 가정으로부터 벗
어나, 한 남자의 사랑을 받으며 단란한 가정을 이루기를 바랐다.
하여, 퍼주기만 했던 사랑이 이제는 받는 것만으로 충만해지기를
원했다. 결혼 후 매형은 친가가 있는 포항으로 전근해 갔고, 누나
는 아무런 연고도 없는 경상도집의 며느리가 되었다. 누나가 결
혼한 후 나는 누나와 연락을 자주 하지 않았다. 이제 다른 남자의
아내가 된 여자에게 어린아이처럼 매달리고 사랑을 강요할 수는
없다는 걸 알았기 때문이다. 누나가 부모에게 했던 것을 생각하
면, 더욱이 어린 나이부터 야무지게 살림을 했던 것을 생각하면,
아마도 시어머니에게 인정받고 남편에게 사랑받으리라 믿어 의심
치 않았다.

　그러나 해가 가도 누나의 몸에선 아기가 생기지 않았다. 시어머
니는 부부 금실이 너무 좋아 삼신할매가 질투를 해서 아기를 주지
않는다고 웃어넘겼지만, 결혼 후 오 년이 지나도록 소식이 없자 몸

에 문제가 있는 게 아니냐며 노골적으로 핀잔을 주기까지 했다. 매형은 혹시나 자기에게 이상이 있는지도 모른다며 먼저 검사를 해 봤지만, 그에게선 무정자증이나 사정 장애가 있는 것이 아니었다. 그렇다면 원인은 누나에게 있을 수밖에 없었다. 누나는 선천적인 기형 자궁을 가지고 있어 아기 씨를 착상할 수가 없다고 했다. 그러니 자연 임신도 시험관아기도 모두 불가능할 수밖에 없었다. 누나의 불행은 여기서 시작되었다. 시어머니의 핍박은 갈수록 심해졌고 아기도 낳지 못하는 병신이라는 소리까지 들어야만 했다. 남편은 이를 알면서도 애써 묵인했고, 그렇다고 바람을 피우는 것은 아니었지만, 둘의 관계는 멀어지게 되었다. 나는 이런 소식을 누나의 눈물 섞인 전화 목소리를 통해 들었다. 그러나 내가 해줄 수 있는 것은 아무것도 없었다. 매형에게 전화를 해서 누나의 아픔을 좀 이해해달라고 부탁할 수도 없었다. 결혼 생활은 당사자들의 것이지 제삼자가 나서서 이래라저래라 한다고 해서 해결될 문제가 아니었다.

그 후 매형이 심취하게 된 것은 휴거론이었다. 그는 결국 다미선 교회에 가입하여 모든 재산을 헌납하고 재림을 기다렸다. 그의 시간은 오로지 1992년 10월 28일 자정을 향해가고 있을 뿐이었다.

재림이 오기 전에 모든 것을 바치고, 휴거 예정 일 년 전부터는 학교도 그만두고 선교회 활동에만 매달렸다. 그 무렵 시어머니는 뇌내출혈로 쓰러져 누나가 대소변까지 받아내야 하는 신세가 되고 말았다. 그러면서도 시어머니는 누나를 가리키며 사람을 잘못 들여 집안이 망했다고 밤낮으로 악을 썼다.

자신이 들어 올려질 것이라고, 그리하여 천국으로 순간이동하게 될 것이라고 철석같이 믿었던 매형은, 누나에게도 자신의 어머니에게도 함께 가자고 말하지 않았다. 오직 자신만이 그것을 믿고 따를 뿐이었다. 휴거가 예정되었던 당일, 그는 포항의 한 교회에서 기도를 하며 수백 명의 신도들과 함께 휴거를 기다렸다. 누군가는 흐릿한 불빛 속에 날아오르는 나방 한 마리를 보고 "나방이 휴거되고 있다."고 울부짖었고, 신도들도 모두가 방언을 쏟아내며 광적으로 휴거를 소원했다지만, 예수는 공중재림하지 않았고 어느 누구도 천국에 가지 못했다. 집에 돌아온 매형은 혼이 나간 사람처럼 아무 말도 없었다. 그해 겨울 시어머니가 먼저 세상을 떠났다. 그리고 매형은 이듬해 집을 나가 행불자가 되었다. 그 집에는 누나 말고는 아무도 남지 않았다. 얼마 후 매형은 울산 태화강변에서 변사체로 발견되었는데, 그의 낡은 점퍼 주머니 속에는 파란색의 기

드온 성경 한 권이 들어 있었다고 한다.

시댁의 큰집에서는 살던 집을 정리해서 줄 테니 그만 여기를 떠나 새출발을 하라고 했다. 누나도 그들의 말이 나쁘게 들리지 않았지만 딱히 갈 곳이 없었다. 그 무렵 나는 군대에 있었고, 누나가 보낸 편지를 통해 대부분의 소식을 들었다. 당시 나에겐 먹여주고 재워주는 군대가 있었지만, 누나는 과부의 몸으로 어디서 어떻게 새 삶을 꾸려야 할지 막막할 수밖에 없었다. 결국 그녀가 다시 올라간 곳은 강릉이었다. 일단은 지긋지긋한 경상도 땅을 떠나고 싶었다고 했다. 그나마 여고 동창들이 있고, 이래저래 아는 사람들이 있으니 외롭지는 않겠다고 했다. 누나는 포항 집을 판 돈으로 강릉 시내 대학로 부근에 작은 분식집을 차렸다. 이듬해 나는 제대를 하고 대학으로 돌아왔다. 겉으로는 모든 것이 다시 제자리를 찾은 셈이었다.

어쨌든 영(嶺) 너머에 누나가 살고 있다는 것만으로도 큰 힘이 되었다. 또 하나의 어머니인 누나가 푸른 동해 언저리에 살고 있다는 생각으로도 내겐 어떤 근원이 되어주었다. 인문대학 옥상에 올라, 소음과 매연으로 가득 찬 서울을 내려다보면서도 동쪽이 어딘지를 찾고, 저 하늘 끝에 누나가 있으리라 생각하면 마음이 따뜻해졌다. 국문과 3학년으로 복학한 나는, 과외와 학원 강의로 생활비를 벌어가며 학교를 다녔다. 비가 새고 천장에서 쥐가 뛰어다니던 휘경동의 자취방에서 나는 자주 아팠고 더 자주 울었다. 부탄가스 버너에 김치찌개를 끓이고 밥통에서 말라비틀어진 밥을 퍼먹었지만, 그럴수록 문학에 목매달았고 그만큼 문학은 나를 위로했고 그 안에서 나는 희미한 별빛을 찾았다.

이따금씩 누나에게서 소포가 왔다. 열어보면, 거기엔 간장 멸치볶음이나 오징어채 고추장 볶음이 소복이 담겨 있었다. 일정하지는 않았지만 잊을 만하면 누나는 이렇게 마른반찬을 해서 나에게 부쳤다. 소포 포장에 쓰인 '강릉에서 누나 김미정'이라는 친필 이름만 보고도 눈물이 왈칵 쏟아졌다. 그리고 받는 사람엔 '손호창 씨댁 사랑하는 동생 김승호 앞'이라고 씌어 있었다. 아직도 휘경동 주인집 아저씨 이름을 기억하는 것은 모두 이 때문이다. 그 안에 곱게 접혀 있던 편지는 또 어떤가. 누나의 메시지는 늘 이랬다. 누나는 별 탈 없이 잘 지내고 있으니 걱정 말고, 언제나 의젓하고 씩씩하게 지내라고. 누나에게 난 늘 어린 동생이었다. 이윽고 반찬통을 열면 거기엔 누나의 사랑만큼 고운 깨가 소록소록 뿌려져 있었다. 다시 눈물이 흐르고, 반찬을 집어먹는 내내 목이 메었다.

나는 지금, 한배에서 태어난 하나뿐인 피붙이인 누나를 찾아가는 길이다.

"겸아, 미천골 고모 안 보고 싶어?"

나는 아이에게 묻는다. 아이는 아무 말도 하지 않는다. 겸아, 겸아, 재우쳐 불러도 대답이 없다. 적당한 곳에 차를 급히 세우고 아이의 얼굴을 돌려본다. 벌써 눈동자가 뒤로 넘어가 있다. 또 시작이구나. 장거리 여행이 아이에겐 무리였던 거다. 아침저녁으로 약을 먹여 경기가 일어나지 않도록 막아줬어야 했는데, 어제 짐을 쌀 때 아이 약을 챙기지 못했다. 낭패감이 들었다. 의식이 없고 눈이 돌아가는데 아무것도 해줄 수가 없다. 이럴 때는 얼른 이 상황이 지나가기만을 기다리는 수밖에 없다. 다행히도 상황은 오래 가지 않는다. 겸아, 괜찮아? 괜찮아? 아이를 부둥켜안는다. 이젠 눈물도 나지 않는다. 왜 우리 아이만 이런 몹쓸 병에 걸린 거냐고 누구에게 따져 물을 수도 없다. 의사는 유아기의 열성경련이 이렇게 간질로 발전하는 경우도 있다고만 했다. 겸이가 작게 아빠, 라고 부른다. 의식이 돌아온 거다.

약을 먹고는 거의 경기를 하지 않았는데 하루 약을 건너뛰었더니 이런 일이 바로 생기고 만다. 아이는 삼 년 전 남산타워에서 처음으로 경기를 했다. 토요일이 겸이의 생일이어서 아내와 함께 모처럼 아이를 데리고 올라간 것이었다. 타워에서 망원경을 보기 위해 발판에 올라서는 순간 아이가 풀썩 쓰러졌다. 처음엔 이게 무슨 일인가 당황했고, 119까지 불러 병원으로 옮겼다. 그날부터 간질이 시작된 거였다. 이런저런 약을 다 써봤지만 경기를 막지 못했다. 다행히 약을 바꾼 다음 근 일 년 동안은 경기를 하지 않았다. 약이 잘 듣고 있는 거였다. 그러나 하루 약을 먹지 않고 방심한 결과, 겸이는 또 경기를 하고 만다.

다시 돌아갈 집도 없을 뿐더러 약을 찾기 위해 서울에 갈 수도 없는 상황이다. 이미 의식은 돌아왔으니 그리 서두를 필요는 없다. 일단 속초의료원으로 가기로 한다. 아이는 머리가 아프다고 할 뿐 큰 이상은 없어 보인다.

"어디 가요?"

아이가 이상하다는 듯이 묻는다.

"네가 멍해져서 그래."

"왜 멍해져요?"

아이가 거푸 묻는다. 아빠도 그게 궁금하고 억울해 미치겠단다.

"왜요?"

또 묻는다. 집요하다. 이제 다시 살아났다는 뜻이기도 하다. 풀썩 실소가 새어 나온다.

"병원에 그걸 물어보러 가는 거야. 약도 타고."

아이는 그제야 아무 말도 하지 않는다.

멀쩡한 아이를 응급실에 눕혔으니 상황이 이상하긴 했지만, 응급실에 있는 레지던트에게 설명하니 다행히 쉽게 이해를 한다. 잠시 후 담당 과장이라는 사람이 내려오고, 아이는 다시 신경외과로 인계된다. 의사는 아이가 먹었던 약을 검색해보더니, 향정신성의 약품을 처방하기 위한 서류를 제시하고 아이에게 해당되는 내용에 체크를 하라고 한다. 의사는 서울에 올라가면 다니던 병원에서 다시 처방을 받으라고 말하며, 임시로 같은 약을 보름치만 처방해준다. 약국에서 약을 타니, 약 봉투 속엔 트릴렙탈과 케프라 몇 조각이 아침, 저녁으로 구분되어 담겨 있다. 우선 약 한 봉을 뜯어서 먹인다. 이 몇 개의 알약들이 아이의 몸속에서 작용해 경련을 막아준다니! 아이에게 맞는 약을 찾기 위해서도 얼마나 많은 병원을 돌고 돌았는지. 국내에서 가장 권위자라는 의사에게 가서야 아이에게 맞는 약을 처방받을 수 있었다. 센틸이라는 약이 아이에게 맞지 않는다는 사실도 거기서 처음 알았다.

병원에만 가면 한없이 무기력한 나를 발견하곤 했다. 문학 나부랭이를 전공한 박사는 아무짝에도 쓸모가 없는 것이다. 병에 걸린 자식 하나 구하지 못하는 게 무슨 공부라고, 헛공부에 세월을 써버렸다고 자책할 수밖에 없다. 저 흰 가운을 입고 다니는 의사들이 한없이 부럽고, 환자의 애원에도 늘 건조하게 용건만 간단히 말하는 그들이 한없이 교만하게 느껴졌다. 온몸이 새까맣게 탄 내 어머니를, 눈물 콧물이 뒤범벅이 된 채로 따라온 누나와 나를 보고 의사는 이렇게 말했다. "DOA예요. 도착 시 이미 사망." 그럼 우리는 뭐라고 얘기해야 하지? "아, 네. 고맙습니다."라고 해야 하나? 의사, 참으로 위대한 직업이지 않은가. 생명을 주무르는.

다시 나와 아이는 도로 한가운데로 돌아와 있다. 양양에 있는 누나에게 가야 하나 말아야 하나, 차를 몰면서도 갈등한다. 그러나 마음은 다시 누나에게 향해 있다. 차는 양양 읍내를 지나 길을 되짚어 가고 있다. 서늘하기는 하지만, 이제 바람결은 제법 무뎌져 있다. 솔 내음 섞인 산바람도 좋다. 겸이는 아무 일이 없었다는 듯이 다시 자동차를 차창에 문지르며 자기 세계 속에 들어가 있다.

분식집을 하던 칠 년여의 시간 동안, 누나는 불행했던 과거를 어느 정도 기억의 저편에 묻어둔 듯했다. 여고 시절에서부터 시집가기 전까지 살았던 그곳이 나름 고향 같은 생각이 들었을 거다. 하지만 어머니를 끔찍하게 잃은 곳이기도 해서 시장통을 바라볼 때마다 그때 생각이 난다고 했다. 그러다가 여고 동창생의 소개로 한 남자를 알게 되었고, 그는 그녀의 두 번째 남편이 되었다. 그는 이혼남으로 1남 1녀의 자식이 있는데 이들은 모두 전처가 키우고 대신 그는 교육비를 부담하고 있었다. 집 장사를 오래 해서 나름 돈은 있는 사람이고, 이제 그만 조용한 데서 펜션이나 짓고 살고 싶다는 말에 누나는 남자가 집을 짓자마자 결혼식도 없이 함께 살게 되었다. 법적으로 혼인신고를 했는지 어땠는지는 묻지 않았지만, 그 사람과 같이 산 지도 벌써 십 년이 훌쩍 넘어가고 있다. 누나는 아이를 가질 수 없는 몸이었지만, 그 남자는 이를 문제 삼기는커녕 자기도 또 다른 여자의 자식을 갖는 것은 싫다며 오히려 선뜻 누나를 받아들였다고 했다.

결혼 후 누나가 정말 행복하게 사는지 아닌지는 알 수 없지만, 나름대로 펜션을 꾸려가며 산 생활에 안착한 것만으로도 적이 안심이 되었다. 매형은 말을 잃어버린 사람 같았다고 했다. 아침저녁으로 누나가 차려주는 밥을 먹고 휭하니 바닷가에 나갔다가 들어오는 게 일상이었다. 어디 가서 바람을 피우거나 딴 살림 차린 건지 모르니 잘 감시하라고 했지만, 누나의 말에 의하면 매형은 하루 종일 낙산 해변 근처에 나가 낚시만 한다고 했다. 매일 돌아올 때마다 돔, 노래미, 가자미 등을 잡아 와, 펜션에 묵는 사람들에게 나눠주기도 하고 자기도 먹는다고 했다. 그가 지나치게 과묵한 것은 집 장사를 하며 세상 사람들에게 너무 지쳤고, 아내의 의부증에 시달렸던 첫 결혼 생활에 대한 상처 때문이라고, 누나는 다 이해한다고 내게 말했다. 이렇게 서로가 서로에게 뭔가를 강요하지 않고 간섭하지 않는 생활이 나름대로 편하다고 덧붙였다.

미천골 자연휴양림 이정표가 보이기 시작한다. 이제 좁은 시멘트 길을 올라 매표소를 지나 작은 개울을 건너면 거기 누나가 있다. 마음이 설렌다. 돌아가신 어머니를 다시 만나게 된 것 같은 느낌이다. 누나를 보자마자 눈물이 주르륵 떨어질 것만 같다. 펜션 앞에 어린아이들과 몇몇 어른들이 서성이는 것이 눈에 들어온다. 누나는 아직 보이지 않는다. 옛날 누나가 집에서 살림을 하며 나를 키울 때, 내가 학교에서 돌아오면 누나는 늘 찬장에서 뭔가를 내주며 내 눈을 바라봐주었다. 여름이면 미숫가루를 물에 곱게 개어 타주기도 하고, 추운 겨울이면 미리 밥솥에 넣어둔 찐빵을 꺼내주기도 했다. 어머니는 내가 포목점에 들르는 것을 좋아하지 않았다. 아들이 계집애같이 곱상하게 생겼네, 라며 시장 사람들이 나를 치켜세워도 어머니는 아무런 대꾸도 하지 않았다. 어머니는 가게에서 늘 피곤에 절어 있었고 마치 내가 못 올 데를 온 것처럼 나를 밀어내 집으로 보냈다. 아마도 어머니는 그곳이 자신의 화장터가 되리란 걸 미리 알았던 것일까.

차를 주차하고 아이의 손을 잡고 뒤뜰로 걸어가자, 저기 수돗가에서 뭔가를 닦고 있는 누나가 눈에 들어온다. 저 작고 마른 몸 어디서 저런 힘이 나오는 것일까. 나는 갑자기 누나가 안쓰러워 눈물이 핑 돈다. 누나는 사람들이 고기를 구워 먹느라 시커멓게 된 석쇠를 닦고 있다. 내가 살금살금 다가가 옆에 앉아, 어린아이 같은 표정으로 누나를 바라본다.

"앗, 깜짝이야. 승호야!"

누나가 화들짝 놀라며 말한다.

"누나⋯⋯."

석쇠를 닦던 누나의 손을 아무렇지도 않게 그러쥔다.

"야, 더러워져. 근데 어쩐 일이야?"

누나가 서둘러 손을 헹구고 환하게 웃는다. 나는 아무 말도 하지 않는다. 누나는 앉은걸음으로 겸이에게 다가가 말한다.

"겸아. 고모 기억해? 우리 예쁜 겸이."

누나가 아이의 엉덩이를 톡톡 두드리며 살짝 껴안는다. 웃는 누나의 얼굴에 주름이 자글자글하다. 겸이도 싫지 않은지 누나에게 폭 안긴다. 아마도 아이는 엄마를 무의식 중에 느끼고 있는지도 모른다.

"토요일이라 손님이 많네? 매형은 또 바닷가에?"

내가 거푸 말을 건넨다.

"응. 방이 거의 다 차서 정신이 없네. 그이는 오늘도 그렇지, 뭐."

누나가 살짝 풀이 죽은 목소리로 말한다.

"내가 도와줄게. 오늘은요."

내가 너스레를 떨며 말한다.

"그런데, 겸이 엄마는? 같이 안 왔어?"

"그냥 왔어요. 겸이하고 단둘이 와보고 싶기도 하고."

"학교 개강하지 않았어? 이렇게 다녀도 돼?"

질문이 더 이어지기 전에 끊어야 한다.

"주말이잖아요."

어쩔 수 없이 맥 빠진 웃음이 풀썩 새 나온다.

나는 점퍼를 벗어놓고, 아이에게 돌아다니지 말고 옆에 있으라고 신신당부를 한 뒤, 철수세미를 들고 석쇠를 닦기 시작한다.

"아이, 오자마자 뭐하는 거야? 누나가 할게."

누나는 이렇게 말했지만, 남자가 일을 거들어주는 모양새가 나쁘지는 않은 것 같다.

"주말에 이렇게 바쁜데, 매형은 뭐하는 거야?"

누나는 여기 시집을 온 거야, 아니면 펜션 일꾼으로 온 거야, 라고 말하고 싶지만, 이런 말이 누나의 마음을 더 아프게 할 것 같아 말을 삼키고 만다. 어쩌면 매형이 지금 누나를 이용하고 있는지도 모른다는 생각이 든다. 야무지고 부지런하고 정갈한 누나의 성품을 믿고 자신만 이기적으로 돌아다니고 있다는 생각을 하지 않을 수 없다. 결국 따져야 할 대상은 매형이지만, 이것도 내가 나설 문제는 아니라고 서둘러 마음을 정리한다. 누나는 아무 말이 없다. 그저 내가 온 게 좋은지 얼굴에 미소가 돈다.

아저씨, 여기 불판 좀 갖다주세요, 라며 누군가 소리친다. 나는 네에, 라고 대답하며 말갛게 닦은 석쇠를 가져간다. 누나가 안쓰러운 표정으로 나를 바라보다 머그잔에 뜨거운 커피를 담아 온다.

"대학교 교수님한테 이런 일을 하게 해서 어떡해? 누나가 한다니까."

누나가 눈을 부러 치켜뜨며 말한다.

"해야 할 일이 뭐 정해져 있나? 교수가 뭐라고?"

"왜 그래? 얼마나 어렵게 된 자린데?"

나는 아무 말도 할 수 없다. 학과가 없어졌다고, 그래서 해임되고 말았다고, 아직은 동료 교수들이 무효 소송을 하고 있다고, 이런 얘기를 할 수는 없다. 아내가 집을 나갔다는 말은 더더욱 할 수 없다. 털어놓고 싶은 말은 많은데 할 수 없다는 사실에 그저 가슴만 먹먹해진다.

손님들은 집요하게 사람을 찾는다. 고기를 먹지 못해 한이 맺혔는지, 미친 듯이 먹어댄다. 우선 단골 메뉴인 삼겹살을 구워 먹고, 이게 질리면 오리 고기도 구워 먹고, 대포항에서 사온 생선으로 매운탕도 끓이고, 또 한옆에는 닭을 삶는다. 육해공군이 총출동했다는 말은 이럴 때 쓰는 것이다. 사방에서 숯불을 찾고, 들통을 찾고, 심지어 냄비까지 빌려달라고 한다. 가족 단위로 온 사람들은 술은 그리 많이 먹지 않는 눈치고, 직장이나 모임에서 온 경우는 저녁 시간이 되기 전부터 술병이 질펀하다. 이런 식으로 먹고 싸고 자

고 가는 이들을 보면, 먹기 위해 태어난 징그러운 짐승이라는 생각
이 절로 난다. 아이들은 또 아이들대로 어른들의 훈육의 사슬에서
일탈하여 하지 말아야 하는 일만 골라서 하기 마련이다. 나무 데크
위에서 뛰지 말라고 하면 더 크게 뛰고, 잡석을 깔아놓은 뒤뜰에서
돌멩이를 던지지 말라고 하면 꼭 던지고야 만다. 급기야 누군가 한
아이가 넘어져 울거나 문짝에 흠집을 내놓기 일쑤다. 계곡에 내려
가서 고기를 구워 먹으면 안 된다고 신신당부를 해도 기어코 내려
가서 구워 먹고, 석쇠는 반드시 그 자리에 내팽개치고 와야 직성이
풀린다. 집에서는 하지 못한 온갖 일탈을 즐기고야 말겠다는 그들
의 자세는 가히 가관이다.

이 환멸스러운 광경을 매일 보며 그들의 뒤치다꺼리를 해야 하
는 누나의 심정은 한나절만 있어봐도 안다. 한숨이 절로 나온다.
이 일을 혼자 했단 말인가. 잠이 온다는 겸이를 빈방에 재우고 난
뒤 이런저런 일을 거들었을 뿐인데, 이 모든 장면이 한눈에 들어
온다. 이런 상황이라면 변기에 생리대를 처박고 가는 일도 다반사
이겠구나 싶다.

손님이 부를 때마다 내가 거들긴 하지만, 누나는 누나대로 저녁
에 올 사람들을 위해 빈방에 청소기를 돌리고 걸레질을 하고 화장

실을 청소하고 이불을 털어 말리느라 정신이 없다.

"이렇게 바빠서 어떡해?"

내가 이불을 너는 누나에게 다가가 말한다.

"주말이라서 그래. 여름 휴가철만 아니면 평일엔 한가해. 걱정하지 마."

홍분해 있는 나를 누나가 오히려 안심시키는 듯하다.

"그래도 그렇지. 몸이 둘이라도 모자라겠어."

"괜찮다니까."

누나가 특유의 단아한 미소를 머금고 말한다.

"아빠!"

겸이의 목소리다. 그런데 목소리에 짜증이 잔뜩 묻어 있다.

"왜? 일어났어?"

"아빠 어디 갔었어요. 왜 아빠 없어요. 왜요? 왜요? 왜 없어졌어요."

계속 떼를 쓰듯 같은 말을 늘어놓는다.

아이에게 다가가 손을 꼭 잡아준다. 그러자 갑자기 아이가 왼손 검지 손톱을 세워 내 손등을 긁는다.

"앗! 겸아……."

손등엔 일자로 굵은 손톱자국이 나고, 그 위에 핏방울이 맺힌다. 짜증이 불같이 일어나지만 참아야 한다. 깨어보니 아빠는 곁에 없고 어두컴컴한 낯선 방에 혼자 있다는 사실을 깨달았을 때, 아이는 무서웠을 거다. 이해를 해야 한다. 누나까지 달려와 상황을 이해하고 겸이를 끌어안는다. 제 고모의 품 안에서 아이는 마음이 적이 가라앉는 것 같다. 엄마가 필요한 아이다, 엄마가.

이때 누군가 누나를 찾는다.

"여기 불 좀 피워주세요. 왜 아무도 없어?"

어떤 아줌마의 짜증 섞인 목소리다. 다시 부르르 성질이 일어난다. 누나는 그런 내 표정을 읽더니 피식 웃고는 네, 하고 달려간다. 겸이가 다시 내 손을 잡아끌더니 앞뜰에 세워져 있는 그네 의자를 가리킨다.

"우리 겸이, 그네 타고 싶어?"

내가 살갑게 말한다.

"네, 그네 타고 바다 갈래요."

말이 되지 않는 말을 한다. 아직 뭔가 짜증이 가라앉지 않았다는 뜻이다. 그래, 그네 타고 바다 갈까, 이런 식으로 억지로 맞장구를 쳐주면, 눈치 빠른 아이는 자기를 놀리는 줄 알고 다시 떼를 쓰게 된다. 아빠, 왜 따라해요? 왜요? 왜요? 왜요? 오랜 경험으로 알게 된 거다. 그럼 어떻게 한다? 아무 말 없이 빨리 그네 의자에 아이를 앉혀야 한다. 그런 다음 살살 그네를 밀어준다. 빨리 다른 상황으로 바꾸어 짜증 나 있는 마음을 환기시켜 주어야 한다. 재미있는지 아이가 웃는다. 웃어도 너무 크게 웃는다. 일순 펜션 주위에 있던 아이들의 시선이 겸이에게 집중된다.

"겸아, 너무 세게 웃지 마."

아이의 웃음소리까지 제동을 걸어야 하는 처지가 싫다. 갑자기 모든 상황이 짜증 나기 시작한다. 겸이는 그래도 기분이 좋은지, 입술을 다물어 웃음을 참는 시늉을 한다. 그러자 나도 피식 웃음이 새어 나온다. 하루에도 몇 번씩 울었다 웃었다를 반복하는 감정의 에스컬레이터가 사람을 지치게 하고 맥 빠지게 한다. 이젠 나도 아이 옆에 나란히 앉아 흔들거리는 의자에 몸을 싣는다. 곧 캄캄해질 것 같다. 무심코 주머니에 있는 핸드폰을 꺼내본다. 부재중 음성 전화 이명옥. 아내의 이름이다. 아내가 집을 나간 뒤 처음으로 걸어온 전화다. 바로 전화를 걸까 하다가 멈칫한다. 그러기에는 자존심이 허락하지 않는다. 내가 널 기다렸을까 봐? 웃기고 있어! 이런 말이 입안에서 맴돈다. 그래도 이상하게 가슴이 쿵쾅거린다. 죽지는 않았구나. 죽지는 않았어.

밤이 이슥해지자 사람들은 더 이상 누나를 찾지 않는다. 늦은 시간, 저녁 밥상을 마주하고 앉는다. 뚝배기 속에서 된장찌개가 보글보글 끓고 있고, 이런저런 나물과 밑반찬들이 놓여 있다. 겸이도 저녁이 늦어 배가 고팠는지 밥상에 바투 앉는다.

"보통 이렇게 늦게 먹어. 배고프지?"

누나가 미안하다는 듯이 말한다.

"아니에요. 이제 아홉 시밖에 안 됐는데."

"겸아, 밥 먹고 약 먹자?"

내가 겸이의 등을 토닥거리며 말한다.

"아직도 약 먹는구나."

누나가 짧고 깊은 한숨을 내뱉고는 다시 말을 잇는다.

"병원에서는 뭐래?"

"이 약으로 안정이 되면, 삼 년 후부터는 서서히 약물을 줄여간다고 하네요. 교과서대로 하는 거예요."

"그렇구나. 겸이 엄마도 얼마나 힘들겠니? 누나가 아무것도 해 주는 것도 없고 미안하다."

누나의 목소리가 살짝 젖는다.

"잘될 거예요. 겸이가 그래도 씩씩하니까."

내가 아무 일도 아니라는 듯이 부러 자신 있는 목소리로 말한다.

허겁지겁 밥을 해치우자, 누나는 과일과 커피와 겸이에게 약을 먹일 물 한 컵을 쟁반에 받쳐 가져온다. 이렇게 받아만 먹는 음식이 대체 얼마 만인가. 약봉지를 뜯어 아이의 입에 몇 알의 알약을 털어 넣고 물을 먹인다. 누나는 묵연히 이런 모습을 바라본다. 누나도 가슴이 답답할 것이다.

"매형은 안 오시네? 들어오긴 해?"

"몰라, 오늘은 어디 멀리 갔나? 안 들어오는 날도 있긴 해."

"전화라도 해보지?"

내가 이해가 안 된다는 표정으로 말한다.

"뭘? 자꾸 나가는 사람을 억지로 붙잡아두는 것도 싫고, 이제 그런 나이도 지났고."

"……."

"각자 잘 살자, 뭐 이런 거지. 흐흐"

누나가 어색하게 웃는다.

잠시 후 누나는 설거지를 하고 다시 들어온다.

"빈방이 오늘은 하나밖에 없어서, 여기서 다 같이 자야 돼. 괜찮아?"

누나가 겸연쩍은 표정으로 말한다.

"나야 좋죠. 누나 냄새도 맡고. 하하하. 겸이도 좋지?"

겸이는 영문도 모르고 네 하고 내답한다.

아이와 내가 욕실에서 이를 닦고 나오자, 누나는 방바닥 전체에 이불을 깔고 있다.

"이렇게 하면 겸이가 온 방을 뒹굴어도 괜찮겠지?"

"그럼요, 운동장이네요."

겸이도 기분이 좋은지 편하게 누워 이리저리 몸을 굴린다.

겸이가 캄캄한 것을 무서워해서 불은 끄지 못하고, 대신 욕실 등을 켜고 살짝 문을 열어놓는다. 빛이 살짝 새어 나와 방 안을 은은하게 만든다. 겸이를 사이에 두고 누나와 나란히 눕는다. 대체 얼마 만인가. 누나와 한방에 누워본 게 말이다. 밖에서 간간이 폭죽이 터지고, 사람들의 노랫소리와 고함 소리가 섞여 들려온다. 잠시 후 겸이는 까무룩 잠이 든다.

"누나? 자요?"

아무 소리도 없다.

"누나?"

"으응……."

누나의 목소리가 흠뻑 젖어 있다.

"왜 그래요, 누나?"

"아니야, 좋아서 그래."

뒤돌아 누운 누나의 어깨가 흔들린다.

"누나, 힘들어요? 힘들면 매형한테 말해요. 좀 도와달라고."

"아니야, 그게 아니야. 난 괜찮아."

"그럼요?"

"부모님 다 가시고, 너랑 나랑 이렇게 남아 있는 게 기적 같아서."

"울지 마요. 난 누나가 있어서 괜찮아. 누나가 엄마니까."

"그래, 승호야."

누나가 겸이의 몸 위로 손을 내민다. 내가 누나의 손을 그러쥔다. 거칠어진 손등이 손끝에 느껴진다. 거기에 내 엄지손가락을 자꾸 비빈다. 누나가 나를 바라본다. 나도 모르게 눈물이 난다. 누나 말대로 이렇게 함께 있는 게 기적 같아서, 그리고 그 기적 속에 놓여 있는 각자의 운명이 기가 막혀서.

"늑대와 일곱 마리 아기 양이 생각나요. 어렸을 때 내가 누나랑

잔다고 누나 방에 가서, 지금 겸이처럼 누나 곁에 누우면 누나가
이 얘기를 해줬잖아요. 난 그 얘기를 듣고 또 들어도 재미있었고,
그 얘기가 다 끝나야 잠이 들었지. 오늘이 꼭 그 밤 같네."

누나는 아무 말이 없다. 이번에는 내 말이 끝나기도 전에 누나가
잠들어버린다. 날 위해 울다가, 잠이 먼저 와버렸구나. 희미하게
보이는 누나의 얼굴이, 흰 눈 속에 핀 복수초같이 노랗게 빛난다.
자신의 온기로 찬 눈을 녹이고, 향기가 아닌 따뜻함으로 벌을 부르
며, 다른 꽃들이 피기 시작하면 스스로 자취를 감추는 꽃.

3_ 향미당

이 층 창문을 통해 내려다보니 매형이 뒤뜰에서 재활용품들을 분류하고 있다. 아이는 잠을 깼지만 이불 속에서 몽그작거리고 있다. 인사를 하기 위해 문을 열고 내려간다. 방에서 나온 몇몇 손님들이 부스스한 얼굴로 꾸물꾸물 움직이고 있다. 어젯밤에 부어라 마셔라 했던 영광의 상처가 역력하다.

"매형, 안녕하셨어요? 어제 왔습니다."

의례적이고 어색한 느낌이 뚝뚝 묻어 나온다.

"아, 처남. 어젠 낙산에서 술판이 벌어지는 바람에……."

매형도 서먹서먹하긴 마찬가지다.

"그럼 아이 때문에 올라가보겠습니다."

"아, 그래. 겸이 많이 컸지?"

아이 안부까지 물었으면, 매형이 할 수 있는 최대의 인사치레다.

누나는 어디에 있는지 보이지 않는다. 다시 방으로 올라온다. 어서 여기를 빠져나가고 싶다. 손님들이 방을 빼기 시작하면 누나도 매형도 바쁠 터이고, 괜히 군식구가 늘면 번거로울 수밖에 없기 때문이다. 겸이는 자동차를 꼭 쥐고 이불 위에 멍하니 앉아 있을 뿐이다.

"겸아, 이제 씻고 나가자."

"왜 나가야 돼요? 왜 지금 나가야 돼요?"

아이가 짜증 섞인 목소리로 반복적인 질문을 쏟아낸다. 고모가 바쁘고 또 고모부도 그렇고, 이런 식으로 설명해줘 봤자 아이는 이해를 하지 못할 것이다.

"바다 보러 가자. 거기서 맛있는 아침도 먹고."

내가 어르듯 부드럽게 말을 건넨다.

그제야 아이는 욕실로 발걸음을 옮긴다. 눈가와 코에 몇 방울의 물만 묻힌 채 아이는 슬로비디오처럼 자신이 할 수 있는 한 최대한으로 꼼지락거리며 옷을 입는다. 그사이 나는 이불을 개고, 방바닥

에 떨어진 머리카락들을 줍는다. 이런 것도 하지 않으면 모두 누나
의 일이 될 테니까.

아이의 손을 잡고 아래로 내려온다. 내가 짐 가방을 든 것을 보
고 매형이 말한다.

"왜, 아침 먹고 가지?"

"누나는요?"

대답 대신 내가 말한다.

"글쎄, 저 밑에 가게에 갔나?"

나는 매형의 무심한 말투가 듣기 싫다.

잠시 후 누나는 검은 봉지를 주렁주렁 들고 집 모퉁이를 돌아
온다.

"어디 갔었어요?"

"아니, 아침 반찬거리가 없잖니. 해줄 것도 없고……."

"지금 나가려던 참이었어요. 빨리 가봐야 돼요. 강릉에서 만날
사람도 있고."

거짓말을 해서라도 이제는 누나 곁을 떠나야 한다. 아침밥을 먹
고 이렇게 저렇게 뭉개고 있으면 금방 해가 정수리에 와 있을 것
이다.

"그런 법이 어딨어? 누나가 해주는 아침은 먹고 가야지?"

누나의 말에 갑자기 눈물이 핑 돈다.

"왜 그래? 어디 아파?"

"아, 아니."

이 상황에서도 겸이는 빨리 차에 타자고 내 손을 잡아끈다. 이럴 때는 아이의 급한 성질도 도움이 된다. 나는 어쩔 수 없이 차에 끌려가는 시늉을 한다. 아이를 얼른 차에 태우고, 뒷자리에 가방을 던져 넣는다.

"누나, 이제 갈게요."

누나가 붉게 충혈된 내 눈을 안쓰럽게 바라본다. 이때 매형이 어쩔 수 없이 다가온다.

"매형, 누나 좀 잘해주세요. 부탁드립니다."

매형도 이때만은 애매한 분위기를 느꼈는지 고개를 끄덕인다.

"그, 그럼, 잘해주지…… 그렇지? 여보?"

매형의 실답지 못한 말이 듣기 싫다.

"그래도 그냥 가면 어떡해."

누나의 눈가가 금세 빨개진다. 저 따뜻한 마음을 다시 느낄 수 없다고 생각하니 울컥, 뜨거운 것이 넘어온다.

"갈게요."

내가 차에 올라타자, 그사이 누나는 조수석 쪽으로 가 문을 연다. 고개를 숙여 겸이를 꼭 껴안더니 누나가 말한다.

"겸아, 또 놀러와? 그땐 세 밤 자고 가야 돼?"

"네!"

겸이는 영문도 모른 채 큰 소리로 대답한다.

이제 정말 가야겠다. 누나가 다시 차문을 닫자 시동을 건다. 그런 다음 주차장을 바로 빠져나온다. 누나가 몇 걸음 따라오다 우뚝 멈춰선 것이 룸미러에 비친다. 그 뒤에 매형의 모습도 잡힌다. 얼른 저 길 모퉁이를 돌아가야겠다. 누나를 보니까, 이 억울한 생에 자꾸 미련이 생긴다. 이젠 누나도 집도 보이지 않는다. 벌써 누나가 그립다. 눈앞이 희뿌옇게 흐려지더니 왈칵 눈물이 쏟아진다. 좁은 길이라 조심해야 하지만 일그러진 눈앞의 풍경 속을 그저 헤맬 뿐이다. 드드드득. 드드득. 차가 뭔가에 긁히는 소리가 들린다. 곧 차를 멈추고 급히 내려 조수석 문짝을 본다. 길가의 돌부리에 펜더와 문짝이 심하게 긁혀 있다. 차가 이 지경이 됐을 땐 짜증이 나든지, 자책감이 들든지 해야 하는데 아무런 느낌이 없다.

차는 다시 양양 군내에 들어선다. 겸이에게 아침밥을 먹여야 하는데, 식당이 눈에 들어오지 않는다. 터미널 주변에 허름한 기사 식당 하나가 보인다. 이런저런 수십 가지 메뉴를 걸어놓은 집임에 틀림없다. 들어가기가 꺼림칙하지만 집 앞에 주차 공간이 눈에 띄어 차를 세운다. 문을 열자 오래된 식당 특유의 기름에 쩐 냄새가 훅 끼쳐온다. 아이를 앉히고 나서 백반 두 개를 주문한다. 잠시 후 콩자반과 마늘종과 같은 평범한 밑반찬과 작은 뚝배기에 끓인 된장찌개가 공기밥과 함께 나온다. 입맛을 돋우는 것이 하나도 없다. 아이는 그래도 밥을 한 숟가락 떠서 마른입으로 가져간다. 입술에 하얀 밥풀 몇 개가 달라붙는다. 아이가 안쓰럽게 느껴진다. 못난 아비를 따라 고생하고 있는 아이를 더 이상 보고 싶지 않다. 언제라도 마음에 결단만 선다면, 이 지긋지긋한 생과도 이별이다. 더 이상 지겹게 먹지 않아도 되고, 아파하지 않아도 된다.

접시 하나를 비워 거기에 된장찌개를 조금 덜어 식혀준다.

"겸아, 찌개도 먹어."

"네!"

아이가 지나치게 큰 소리로 대답한다. 사람들이 여럿 앉아 있었다면 눈총을 받았을 것이다. 아이의 순백의 마음을 이 세상의 윤리와 관습은 받아들이지 못한다.

아이가 숟가락을 놓자 바로 식당을 빠져나온다. 근처에서 생수를 하나 사서 차에 탄다. 언제까지가 될지는 몰라도 식후 삼십 분 원칙을 지켜 아이에게 약을 먹이기 위해서다. 차는 다시 7번 국도 위를 달린다. 어차피 이 길은 또 어디론가 나를 데려갈 것이다. 주문신을 지나 강릉으로 들어서면 거기에 숨주이고 있었던 시간의 더미들이 기다렸다는 듯이 쏟아져 나올 것이다. 이 나라의 등줄기를 따라 점점이 박힌 생의 시간을 따라가면, 언젠가 그 끝을 만나게 될 거다.

핸드폰이 울린다. 화면에 한송희라는 이름이 뜬다. 벨소리가 계속 울리도록 내버려두다가, 전화가 곧 끊어질 것 같다는 느낌이 들 때쯤 전화를 받는다. 내가 아무 소리도 하지 않자 수화기 너머에서 나를 부르는 목소리가 들려온다.

"승호니?"

흡사 누나가 동생을 부르는 것 같은 노숙한 목소리다. 그녀가 어디냐고 묻길래, 나는 길 위라고 대답한다.

"장난할 기분 아니야. 어떻게 된 거야? 연구실에 전화해도 안 받고."

"나, 학교 잘렸어."

내가 담담하게 말한다.

"무슨 소리야? 무슨 문제 있었어?"

"폐과."

"폐, 뭐?"

송희의 목소리에 짜증이 묻어난다.

"과가 없어졌다고."

"그래서? 그럼, 학교 그만둔거야?"

"그만둔 게 아니라, 잘렸다니까."

나도 모르게 목소리가 격앙되고 만다.

"지금 어딘데?"

"7번 국도."

그녀는 잠시 멈칫하다가 말을 받는다.

"여행 중이야? 겸이도 같이?"

"여행이라면 뭣하지만, 그냥 차를 몰고 오다 보니까 여기네."

"지금 한가하게 여행 다닐 때야?"

그녀가 답답하다는 듯이 말한다.

"방법이 없는데, 뭘. 지금 소송을 하고 있는데, 이제 미련 없어."

"……"

잠시 서로 간에 침묵이 흐른다.

"내가 나중에 전화할게. 꼭."

내가 먼저 전화를 끊어버린다.

차를 갓길에 대고, 뒷자리에 있는 가방에서 겸이의 약을 꺼낸다. 생수병을 따고 겸이의 입에 약을 털어 넣을 때, 약 한 알이 옆으로 굴러떨어진다. 급히 눈이 따라가지만, 시트와 암레스트 사이로 들어가버린다. 순간 짜증이 솟구친다.

"약 하나도 제대로 못 받아먹어? 에잇!"

내가 소리를 지른다. 돌변한 아빠의 태도에 아이가 움찔한다. 운전대를 주먹으로 내리치고 거기에 고개를 처박는다. 사는 게 지겹다. 이렇게 살 바에야 지금 당장이라도 그대로 어딘가를 들이박고 싶다. 입에서 나도 모르게 신음 소리가 새어 나오자, 겸이가 훌쩍거리기 시작한다. 고개를 들고 아이를 바라본다. 시선이 마주치자 아이가 말한다.

"아빠, 다시는 안 그럴 거예요. 약속 지킬래요."

아이가 잘못했을 때마다 자동적으로 뱉는 말이다. 갑자기 내가 부끄러워진다. 약을 떨어뜨린 것이 아이 잘못도 아니지 않은가. 아이는 생수병을 입으로 가져가 입속에 들어간 약을 삼킨다. 떨어진

약이 뭔지 알 수 없으니 다시 약을 먹일 수도 없다.

나는 다시 차를 움직인다. 화물차들이 위협적으로 차선을 옮겨가며 질주한다. 햇볕은 제법 따갑게 내리쪼인다. 봄볕이 눈부시게 온 세상에 쏟아지고 있다. 아이는 자동차를 손에 꼭 쥔 채 시무룩하게 앉아 있다.

"화내서 미안해. 아빠도 다시는 안 그럴게."

그러나 겸이는 아무 말이 없다. 이런 식으로 내 성질에 못 이겨 얼마나 아이에게 화를 냈던가. 자꾸 마음 한구석이 바늘에 찔린 듯 따갑다.

차는 어느덧 주문진을 지나 연곡을 막 통과하고 있다. 연곡, 송희의 고향이다. 그녀를 처음 만났던 곳은 향미당 빵집이다. 거기서 열린 연합 시화전은 지역을 대표하는 남자 고등학교와 여자 고등학교의 문학 서클에서 주최하는 행사였다. 이 두 문학 서클은 나름대로 자부심을 가지고 있었는데, 70년대 선배들 중에는 학원 문학상에 입상한 적도 있었고, 또 그들 중 몇몇은 문단에 이름을 올리기도 했다. 그리하여 지방의 작은 도시에서 매년 가을마다 열리던 고교 시화전은 지역 일간지에도 소개될 만큼 유명세를 탔다.

남고 서클의 이름은 동해, 여고 서클의 이름은 매화였다. 동해의 회장인 석이와 부회장인 나, 매화의 회장인 송희와 지금은 얼굴조차 기억나지 않는 부회장, 이렇게 넷이 향미당에서 첫 준비 모임을 가졌다. 고등학교 3학년은 학력고사 준비를 해야 했기에 고등학교 2학년인 우리가 주축이 되어 행사를 이끌었다. 사실 그때만 해도 커피숍에서 대학생 흉내를 내며 커피를 마시던 축들이 학생과 선생에게 걸려 흠씬 두들겨 맞던 시절이고 보면, 빵집에 출입하는 것도 그리 자유롭지 못했다. 또 작은 도시다 보니까 그런 데서 여학생들과 앉아 있는 모습이 누군가의 눈에 띄기만 하면, 얘기는 눈덩이처럼 부풀려져 학교에 소문이 나고, 급기야 집에까지 흘러들기 마련이었다. 그러나 우린 어디까지나 시화전 행사를 위한 것이니 누가 뭐라 할 수도 없었다. 우린 여학생들과 공식적으로 만날 수 있는 기회가 생긴 것에 무척 들떠 있었다. 그 자리에서 몇 마디 인사가 오고 가고, 소박하기 짝이 없지만 문학에 대한 서로의 생각이 사뭇 진지하게 오고 가는 동안, 쟁반에 놓인 빵 한 무더기는 조금도 줄지 않았다. 바로 그때였다.

"니들 왜서 빵 안 먹나?"

송희가 포크로 소보로 빵을 쿡 찍어 올리며 말했다. 그러자 우리도 우물쭈물하다가 단팥빵 하나씩을 입에 넣을 수 있었다. 송희는 문학소녀 특유의 여린 모습과는 달리 당찬 구석이 있는 아이였다. 대화도 거의 그 아이가 주도하는 편이었는데, 방문객들의 동선에 따라 공간을 어떻게 분할하고 작품들을 배치할 것인가에 이르기까지 용의주도하게 이야기했다. 우리는 모두 그녀의 말에 빠져들었고, 두 번째 준비 모임을 약속하고 헤어졌을 때 석이와 나의 마음은 그녀의 생각으로 가득 찼다. 이후 매화의 부회장은 준비 모임에 나오지 않았는데, 우리는 속으로 쾌재를 불렀다.

석이와 송희는 문학 서클 회장이면서도 그림에 남다른 소질이 있었다. 그런 이유로 양 학교의 시화는 대부분 그들이 그렸고, 나는 석이가 그리는 시화에 의견을 보태는 수준으로 일을 도왔다. 석이는 주로 내가 제시하는 콘셉트에 별다른 이견을 나타내지 않았는데, 그것은 내가 몇몇 대학에서 주최하는 백일장에 이런저런 입상 경력이 있기 때문이기도 했다.

지역 고교 연합 시화전
주최: ○○고 문학 서클 '동해', ○○여고 문학 서클 '매화'
일시: 1987년 10월 ○일 ○시

화선지에 먹으로 큼직큼직하게 글자를 써준 이는 우리 학교 한문 선생이었다. 이것을 향미당 전면 벽에 붙이고, 색색의 풍선들을 불어 벽면을 장식했다. 출입구에는 방명록을 쓸 수 있는 테이블을 놓고, 이를 중심으로 해서 좌측과 우측 공간을 각각 동해와 매화가 차지하고, 벽을 빙 둘러서 이젤들을 세워놓고 그 위에 작품을 올려놓았다.

지도교사는 물론이고 각 학교의 교장 교감 선생까지 개회식에 참석했고, 지역신문 기자들도 와서 사진을 찍고 인터뷰도 해 갔다. 주말에 이틀 동안 열리는 전시회에는 양교의 학생들과 시민들까지 수백 명의 사람들이 다녀갔다. 작품에는 호감의 표시로 껌이나 사탕을 붙였는데, 송희의 작품에 가장 많았다. 목마와 숙녀 풍의 감상이 뚝뚝 묻어나는 것으로 기억하는데, 「바다와 가로등」이라는 제목만은 지금도 또렷하게 남아 있다. 나는 「갯배」에 속초에서의 유년시절을 담았고, 석이는 「부나비」라는 작품을 걸었다. 특히 송희의 시화는 왼쪽에 길게 자리한 노란 가로등의 불빛과 그 아래 넓게 펼쳐진 검푸른 바다가 인상적이었다.

우린 행사가 끝난 후에도 종종 만났다. 핸드폰이 없었던 시절이니까 우리는 만날 때마다 다음 약속을 하고 헤어지곤 했다. 라디오에서 흘러나오는 본 조비나 U2, 듀란듀란의 노래들을 카세트테이프에 녹음해서 그녀에게 선물하기도 했고, 그녀는 자신이 손수 필사한 시 노트를 우리에게 선물해주기도 했다. 한 사람도 아니고 두 사람이니 내가 힘이 더 든다, 는 농담과 함께. 석이와 나에게 주는 그녀의 우정은 치우침이 없었고, 우리도 그녀를 향한 서로의 마음을 저울질하거나 시기하지 않았다.

하지만 서로의 속내는 알 수 없는 것이었다. 나는 송희가 또박또박 써 내려간 시와 간간이 집어넣은 삽화를 매일 밤 펼치고, 글자 위에 코를 대고 냄새를 맡기도 하고, 그녀가 노트 맨 앞에 쓴 문우 김승호에게, 라는 글씨를 매만지며 첫사랑의 아린 기분 속으로 빠져들었다. 머릿속은 송희에 대한 생각으로 가득 찼고, 석이에게 이런 마음을 들키지 않으려 노력했다. 아마도 이런 사정은 석이라고 다를 것 같지는 않았다. 우리는 송희에게 잘 보이기 위해 알게 모르게 노력했지만, 그녀는 그런 우리를 노련하게 길들였다.

당시에는 이런 관계가 어떤 파국을 예비하고 있는지도 모른 채, 우정이라는 것으로 서로를 위장하며 지냈다. 다 어렸기 때문에 가능한 것이었지만, 고3이라는 위기감이 서로의 감정에 반응속도를 지체시키는 촉매제가 되기도 했을 것이다. 서로가 가지고 있는 입시 정보를 교환하고, 거의 매달 치르는 모의고사 점수로 서로 진학 가능한 대학을 점치기도 했다. 그러던 중, 송희가 갑자기 화실에 다닌다는 것을 알게 되었다. 나는 그런가 보다 생각하고 있었는데, 어느 날 석이도 같이 화실에 드나든다는 사실을 알게 되었다. 나는 둘 다 미술에 소질이 있는 것은 알고 있었지만, 송희와 같은 화실에 다닌다는 사실을 철저하게 함구했던 석이에게 묘한 배신감을 느낄 수밖에 없었다. 야간 자율학습을 하지 않고 자꾸 먼저 가는 것을 수상하게 여기던 차였다.

그러던 중 석이가 나에게 말했다.

"네가 오해하는 것도 이해해. 하지만 말이야."

"뭐? 자식아! 그러고서도 네가 내 친구냐?"

나는 그대로 녀석의 얼굴에 냅다 주먹을 올려붙였다. 의도한 것은 아니었는데, 몸이 그렇게 했다. 석이는 바닥에 쓰러져 입가에 묻은 피를 닦고 다시 일어섰다.

"때릴 거면 더 때려봐. 그게 아니라니까!"

석이가 부릅뜬 눈으로 나를 바라보았다.

"그럼 말해봐."

나는 여전히 주먹을 부르르 떨고 있었다.

“네가 알잖아. 나 공부 못하는 거. 미술엔 원래 관심이 많았고, 송희가 입시 미술을 해서 대학에 갈 수 있다고 하길래, 나도 그렇게 결정한 거야.”

“……”

“송희는 그래픽다자인을 전공할 거래. 난 아직 모르겠는데, 그림보다는 조각을 배우고 싶어.”

석이가 비교적 자세히 저간의 사정에 대해 이야기를 풀어놓자, 나도 슬그머니 감정이 누그러졌다.

“그럼 왜 말 안 했어?”

마지막으로 나는 제일 궁금한 것을 물었다.

“그건…… 지금 진로를 바꿔서 좋은 대학에 갈 수 있는 것도 아니니까. 송희도 너처럼 서울에 있는 대학에 가고 싶은데, 그게 어려우니까 말하지 말라고 하더라. 나중에 알게 되더라도.”

“누군 서울에서 어서옵쇼 하는 줄 아니?”

내가 발끈해서 말했다.

“넌 그래도…….”

“뭐가 그래도야? 사방에서 이런저런 수상 경력을 가진 아이들이 올 텐데 문예 특기생으로 학교장 추천을 받는다고 해도 쉬운 게 아니야. 학력고사를 못 보면 다 끝이야. 뭘 알기나 하고 말해!"

"하여튼 끝까지 비밀로 하려고 했던 건 아니야. 우린 다 친구잖아. 개하고 특별한 거 없어."

나는 석이의 말이 끝나자 그 자리에서 뒤돌아서 하염없이 걷기 시작했다. 송희가 다니는 고등학교를 수십 바퀴를 돌다가, 안목에 나가 바다를 보다가, 방파제에 앉아서 먹지도 못하는 소주를 한 병 사서 홀짝거렸다. 세상 모든 것이 나에게 등을 돌린 것 같은 막막한 심정이 되었을 때 질금질금 눈물이 났고, 밤이 깊어졌을 때 해안가에 불을 밝힌 가로등은 모두 송희의 시화전 그림이 되어 아프게 빛났다.

거기서 그대로 잠이 들었던가. 나는 해안을 순찰하는 군인에게 발견되어 병원으로 옮겨졌다고 했다. 눈을 뜨자 희미한 얼굴 윤곽이 어른거렸다. 누나였다. 누나는 내가 저체온증으로 죽을 뻔했다고 했다.

"술은 언제 배운 거야? 응?"

이렇게 말하며 누나는 내 볼에 자기 손을 연신 문댔다. 그리고 엄마는 모르니까 그런 줄 알라는 말도 덧붙였다.

그 일이 있고 나서, 나는 학력고사 준비에 모든 것을 바치려고 노력했다. 도저히 대책이 없는 수학은 포기하는 대신 다른 과목에서 거의 만점에 가까운 점수를 내리라 각오하고, 무조건 외우고 기출문제를 통해 유형을 익혔다. 점수는 모의고사마다 올랐고, 배치표상으로는 서울의 중상위권 대학에는 합격할 수 있겠다는 예상치를 얻었다. 그해 겨울, 학력고사 하루 전날 서울에 올라와 여관방에 묵으며 시험을 기다렸다. 팬티 속에는 어머니가 절에서 얻어온 부적이 부스럭거렸다. 누나는 종이에 곱게 싼 찹쌀떡을 가방에 넣어주며 공복에 먹으라고 농담을 던졌다. 친구들과 함께 있다 해도 긴장감 속에 서로가 서먹서먹했고, 나는 낯선 여관방 천장을 바라보며 누나와 송희의 얼굴을 번갈아 떠올리다 잠이 들었다.

석이와 송희는 고향에 있는 작은 지방대학 미대에 나란히 시험을 보았다. 당연히 붙겠거니 생각하는 그들과는 달리, 나는 결과 발표까지 노심초사할 수밖에 없었다. 학력고사 당일 점수를 맞춰 본 것으로는 안정권이라 생각했는데, 내가 지원한 대학의 국문과 경쟁률이 무려 삼십 대 일이었다. 아마도 문과 쪽에서는 행정학과나 경영학과에 비해 비인기 학과이기 때문에 안정 지원을 한 아이들이 많은 것 같았다. 합격자 명단에는 내 이름이 없었다. 하지만 며칠 후, 추가 합격이라는 전화가 와서 실의에 빠져 있던 나는 기

사회생할 수 있었다. 아무래도 학과에 배당된 문예 특기생 정원에서 몇 개의 입상 경력과 학교장 추천서가 유리하게 작용한 듯싶었다. 불알 밑에 숨긴 어머니의 부적이 만든, 똥줄 타는 희소식이었는지도 모른다.

서울에 간다는 사실이 나는 막연히 기뻤고, 산과 바다로 가로막힌 좁다란 이 터를 벗어날 수 있다는 사실에 설레었다. 석이와 송희도 나란히 합격을 해서, 우리는 서로를 축하하며 향미당에 모였다.

"이제 우린 대학생이니까, 음악다방에도 갈 수 있어. 그렇지?"

석이가 한껏 들뜬 목소리로 말했다.

"난 거기 가면, 레드 제플린 노래를 신청해야지."

내가 말했다.

"난 핑크 플로이드."

송희가 말했다.

"난 지미 핸드릭스."

석이가 말했다.

그날부터 우리는 대학로 '오비타운'에서 생맥주를 홀짝거리고, 시내에 있던 음악다방 '백궁'에서 JBL 스피커로 음악을 들으며 오백 원짜리 커피의 호사를 누렸다. 우리는 늘 셋이었고, 또 셋이어서 행복했다. 송희를 중심으로 우리는 하나의 작은 세계를 만들며 서로의 정서를 호흡했다. 송희는 그동안 감춰두었던 끼를 모두 드러내며 우리를 취하게 했고, 석이는 자칫 느슨하고 지루해질 수 있는 정서에 활력을 불어넣었으며, 나는 그 두 가지 정서의 너울 속에서 자연스럽게 흔들렸다. 바로 그때 나의 어머니는 포목점의 천들과 함께 다비식을 올렸다. 성불하지도 못할 거면서 왜 뜨겁게 생을 마감했는지, 나는 생의 기습과 허망함에 탄식을 할 여유도 없었다. 그러한 침울함 속에서 나는 강릉을 떠났다.

가끔 송희에게 편지가 날아왔지만, 평범한 안부나 밥 잘 챙겨 먹으라는 우정 어린 당부 이상도 이하도 아니었다. 그럼에도 나는 그 편지의 문장 하나하나를 곱씹으며, 평범한 이야기를 사랑의 메시지로 읽으려고 애썼다. 석이는 주말이면 이따금씩 내가 세 들어 사는 자취방의 주인집으로 전화를 걸어 나를 놀라게 하기도 했다. 가끔은 송희가 옆에 있다며 바꿔주기도 했는데, 그때마다 내 머릿속에는 좁은 전화 부스 안에 함께 있을 그들의 모습이 떠올랐다.

학교에서는 일주일에 한두 번은 꼭 최루탄이 터졌고, 교문에는 늘 전경들이 진을 치고 학생들을 맞이했다. 집회가 있는 날은 교문

에서 불심검문을 당해 책가방을 열어 보여주어야 했고, 하굣길에
는 시위대에 휩쓸려 닭장차 신세를 지고 군홧발 세례를 당하기도
했다. 나는 그 모든 것에 분노했고 그만큼 무서웠다. 두부김치와
파전을 안주 삼아 마시던 막걸리는 언제나 길바닥에 붉은 빈대떡
을 무지게 했지만, 그럼에도 매일매일 학사 주점으로 터벅터벅 내
려가 또 거친 술을 마셔대던 그 치기와 무모함이 그 시간을 견디게
했다.

그해 2학기, 가을이 날로 깊어간다 싶던 어느 날 새벽이었다. 누
군가 내 자취방 문을 두드렸다. 비몽사몽간에 낡은 새시 문을 열었
을 때, 거기엔 송희와 석이가 서 있었다.

"어? 이게 누구야?"

석이가 씩씩하게 문을 열어젖히며 성큼 안으로 들어섰고, 그 뒤
에 송희가 문틀에 머리를 부딪칠세라 고개를 깊이 숙이고 들어
왔다. 타일도 아닌 맨 시멘트 바닥으로 이루어진 부엌에는 한구
석에 고개를 숙인 채 솟아 있는 수도꼭지와 이리저리 그릇을 쌓아
올린 나무 선반과 라면 국물이 말라붙은 휴대용 가스버너가 전부
였다. 방으로 통하는 출입문은 더 낮고 작아, 거의 기어 들어간다
는 표현이 맞을 정도였다. 모두가 그 문을 통해 방으로 들어갔다.

송희가 방 안을 휘둘러보았다. 나는 얼굴이 화끈했다.

"지붕은 안 무너진다. 자, 앉아, 앉아."

석이는 이렇게 말하며 내가 자던 이불을 휙 걷더니 먼저 자리에 앉았다. 송희도 잠시 엉거주춤하더니 이내 쪼그리고 앉았다. 청바지 아래로 흰 양말을 신은 그녀의 작은 발이 가지런히 포개어졌다.

"어떻게 된 거야? 연락도 없이, 이렇게 불쑥. 주소는 또 어떻게 알고?"

반갑지 않은 것은 아니었지만 나는 부러 불쾌한 낯빛을 드러냈다.

"미정 누님한테 물어봤지. 미래의 대작가 김승호 군의 작업실에 위문 공연을 간다고 말이지."

난 석이의 빈정거리는 말투가 듣기 싫었다.

"앞으론 거기 가도 우리 누나 없을 거다. 다음 달에 시집간다. 우리 집도 택지 개발 때문에 헐린다고 하고."

나는 송희의 얼굴을 바라보았다. 그녀는 새침한 표정으로 여전히 내 방 구석구석으로 눈을 돌리고 있었다. 난 늘상 방바닥에 떨어져 있는 치모가 그녀의 눈에 띄지 않을까 어쩔 줄을 몰랐다. 나는 허둥거리며 냉장고 문을 열었으나 텅 빈 냉장고 안에서는 시큼하고 쾨쾨한 냄새만 풍겨 나왔다. 거기서 먹다 남은 오렌지 주스를 꺼내고, 부엌에 컵을 가지러 나갔다. 쿵! 집이 흔들리는 것 같았다. 컵을 들고 들어오는 길에 문틀에 머리를 찧고 만 것이다.

"집주인도 부딪히는구나. 하하하."

석이가 큰 소리로 웃었다.

주스가 얼마 없어, 반잔씩 따라서 두 사람 앞에 놓았다.

"넌 안 마셔?"

송희가 낮은 목소리로 물었다.

"응."

내가 짧게 대답했다.

"서울에 와서 많이 힘들지?"

송희의 말이 귀에 착 감겨왔다. 나는 그 말이, 너 왜 이런 데서 사니, 라는 말로 들렸다.

어머니가 세상을 뜨면서 들어온 부의금 중 일부가 내 자취방의 보증금으로, 누나의 결혼식 밑천으로 들어갔다. 나는 가끔 자취방 벽을 쓰다듬으며 이렇게 생각했다. '내 어머니는 스스로를 불살라, 당신의 아들이 비를 그을 방 한 칸이 되어주었구나.'라고. 전세 보증금 천만 원은 내 어머니 몸값의 절반이었다.

"늦게 찾아와서 미안해. 석이랑 강릉에서 막차를 탔거든."

송희의 말에 나는 고개를 끄덕였다.

"너희들은 학교 다닐 만해? 같은 과잖아."

내가 묻자, 송희와 석이는 서로의 얼굴을 바라보며 웃었다.

"서울에서 다니는 너만 하겠니?"

다시 석이가 끼어들었다.

우리는 그날, 내 방 작은 창문이 다시 파랗게 변할 때까지 얘기를 나눴다. 잠깐만 눈을 부치기로 하고, 반으로 접힌 이불에 기대어 다 같이 누웠다. 나, 송희, 석이 이런 순서로 말이다. 이윽고 내가 슬며시 송희의 손을 잡았다. 그녀는 잠시 손을 움찔하더니 그대로 있었다. 그녀의 다른 손은 석이가 잡고 있을지도 몰랐다.

4_ 유랑극단

안인을 지나 정동진을 거쳐 옥계에 이르는 길은 서럽도록 적요하다. 이제 막 정오에서 기운 태양은 하얗고 고운 빛가루들을 온 천지에 뿌려대고 있었다. 더없이 시퍼런 바다는 아무 일도 없다는 듯이 시치미를 뚝 떼고 고여 있다. 바람도 한 점 없는 이 쨍한 봄 햇발 속으로 한 뭉치의 지옥이 달린다. 더 이상 가진 것도 없이 스스로를 버릴 일 하나만으로 가고 있다. 그리고 나의 분신, 겸이. 너는 나와 한 몸이니 같이 가야 한다. 이 아비나 너의 생은 애초부터 틀렸어. 그럼 처음으로 다시 돌아가야 하는 거야.

"겸아, 배고파?"

내가 겸이의 손을 꼭 잡으며 말한다.

"아니요."

겸이의 목소리가 차분하다.

"우리, 겸이 무슨 생각해?"

겸이는 아무 말이 없다. 내가 재우쳐 묻는다.

"겸이, 무슨 생각을 해요?"

내가 겸이의 뒷머리를 쓸어내리며 말한다.

"엄마랑 노는 생각!"

겸이가 고함을 치듯 말한다. 나는 화들짝 놀란다. 아이가 이처럼 자신의 얘기를 단도직입적으로 말한 적은 거의 없다. 나는 대꾸할 말을 잊는다. 아무도 모르게 속으로 엄마 생각을 많이 한 모양이다. 정확히 말하면 엄마랑 놀았던 기억이겠지. 보고 싶은 게로구나. 아이에겐 엄마의 존재를 대신할 수 있는 것은 없었던 모양이다.

"아, 엄마 생각했어? 엄마 곧 만날 수 있을 거야."

아이는 곧 딴전을 부린다. 깊은 곳에 있던 속마음이 핏물처럼 살짝 비친 것이다. 또 눈물이 나오려는 것을 간신히 참는다.

아내는 집을 나간 후 부산에 내려가 있는 것 같은 눈치였다. 그것도 어디까지나 추측이지만, 거긴 아내의 유일한 혈육인 언니가 살고 있기에 심증은 더욱 굳어졌다. 아내는 무엇을 하며 지내고 있을까. 고향인 부산을 떠나 서울 생활을 하면서 아내가 얻은 것이라고는 결국 겸이가 전부였다. 결혼 후 자신의 삶은 포기할 수밖에 없었는데, 그렇다고 돌아갈 직장이 있는 것도 아니었다. 겸이의 정신적 성장이 다른 아이들과 다르다는 것을 알면서도 애써 아니라고 믿고, 하루 종일 아이의 온갖 떼를 다 받아내며 지냈다. 나는 일인 유랑극단이 되어 서울, 경기, 강원 지역의 대학을 돌며 보따리 장수를 했고 아내는 언제나 아이와 함께 집에 갇혀 지냈다.

아내는 파트타임으로 나가던 학원에서 만난 수학 강사였다. 부산의 한 국립대학에서 수학을 전공하고, 졸업을 하자마자 서울에 올라온 거였다. 임용 고시를 준비하기 위해서 상경한 것이었는데, 낮에는 고시 학원에서 공부하고 밤에는 생활비와 학원비를 벌기 위해 중등반 전임강사로 근무하고 있었다. 어린 나이에도 불구하고 당찬 구석이 있어 보였고, 그렇게 자신을 단단하게 만든 저간의 사정이 있으리라, 나는 직관했다.

이문동에 사는 그녀는 나와 방향이 같아, 회식 자리가 길어지거나 가끔 학원이 늦게 끝나 지하철이 끊기면 같이 택시를 타기도 했다. 여기서 술 한잔 더 할래요? 네, 좋아요. 조금의 망설임도 없는 이 명징한 대화가 인연의 징조가 될 줄은, 그리하여 걸음을 옮기게 된 휘경역 부근의 허름한 포장마차가 비루한 운명의 모태가 될 줄은 아무도 몰랐다. 그 후로도 늦은 퇴근길에 몇 차례 술자리가 있었다. 언제부턴가 그녀는 술자리가 무르익으면 부산 사투리로 오빠야, 라고 나를 불렀다. 그 말을 들은 순간 그녀는 우리집 족보에도 없는 내 여동생이 된 거였다.

그녀의 나이는 나보다 다섯 살 아래였다. 그녀는 일찍 부모를 여의고, 터울이 많이 지는 언니가 부모 노릇을 대신해주었다고 했다. 바로 이 점이 공감대가 되었고, 비슷한 환부를 지닌 서로를 연민했다. 딸만 둘을 난 그녀의 어머니는 아들을 보기 위해 임신을 계속했지만 거듭 유산이 되었고, 결국 분만실에서 생을 마감했다. 죽은 태아는 육 개월 된 사내아이였다고 했다. 이 말을 털어놓았을 때, 그녀는 만취 상태였고 포장마차가 떠나가도록 엉엉 울었다.

약사였던 아버지는 아내를 잃은 후 그만저만 운영하던 약국 문마저 닫아버리고 바다낚시에 미쳐 살았는데, 태풍 글래디스가 상륙했을 때 바다에 나갔다가 죽고 말았다고 했다. 그 이후 언니와 반지하 방에서 악다구니를 쓰며 살 수밖에 없었다고 지난했던 시간을 담담하게 털어놓았다. 대학 사 년 내내 학자금 융자를 받아 학교를 다녔으니, 빨리 교사가 되어 빚도 갚고, 남들처럼 살아보고 싶다는 말도 덧붙였다.

그녀가 자신의 사나운 운명을 회억하는 사이사이 내 기구한 생을 털어놓는 것은 당연한 일이었다. 이윽고 서로의 집을 오갔고 서로 몸을 탐했고 이런 생활을 하다간 죽도 밥도 안 된다는 생각이 들 무렵 위기가 찾아왔고 그러나 결국 울며불며 서로를 다시 찾았고 이젠 영원히 함께 살자고 약속했고 마침내 합치게 됐다는, 이 삼류 영화를, 무수한 그들처럼 우리도 다시 한 번 상영했다. 어쨌든 이것이 사랑의 시작이었으나, 박복한 두 운명이 한 몸이 되었을 때는 상황이 다른 것이었다. 그것은 악재에 악재를 더하는 일이었다. 우리는 서로를 사랑한다 했지만, 사실은 스스로를 연민한 것이었다.

가난한 대학원생이었던 나 역시도 그녀를 만난 것은 현실적으로 현명한 선택은 아니었다. 마찬가지로 부모도 없을 뿐만 아니라 물려받은 것도 벌어놓은 것도 쥐뿔 없는 문약서생에게 번듯한 직장을 가진 여자가, 어서 날 부려먹으세요, 라고 제 발로 찾아올 수도 없는 것이다. 나의 누나도 그녀의 언니도 이러한 조합이 가져올 잿빛 미래에 대해서는 알지 못했다. 결혼은 현실이라는, 대낮처럼 명징한 은유 앞에서 우리는 나날이 절망했다. 결혼과 동시에 박사 과정에 진학한 나는 남들이 보기엔 미래의 교수였는지 몰라도, 고생문이 훤한 보따리장수에 불과했다. 아내 역시 나에게서 안식을 얻지 못하고 장애아를 둔 가난한 엄마로서 나날이 시들어갔다.

삼척시에 들어왔음을 알리는 대형 아치를 통과하자, 한 대학의 진입로가 눈에 들어온다. 나도 모르게 오른쪽으로 핸들을 돌려 학교 쪽으로 방향을 꺾는다. 거대한 콘크리트 기둥을 서로 엇대어 세워놓은 정문을 통과하자, 익숙한 건물들이 눈에 들어온다. 대학생들이 봄볕을 맞으며 삼삼오오 몰려다니고 있다. 여기저기서 웃음소리가 팝콘처럼 터져 오르고, 교양 강의동에선 큰 소리로 강의를 하고 있는 누군가의 목소리가 새어 나온다. "전근대 사회의 보편적 특징이 지금 우리 사회에서도⋯⋯." 저 목소리에 실려 있는 지적 허세가 역겹다.

이 대학은 서울, 경기, 강원도를 순회하며 강의를 할 때 강원도의 한 꼭짓점이 되어준 학교다. 지방이라 강사를 구하기가 어렵고

교통도 불편하기 때문에, 한 사람이 무려 예닐곱 시간을 1박 2일로 나누어서 강의를 해야 하는 상황이었다. 게다가 나는 서울로 다시 올라가는 길에 원주의 한 대학에 들러 야간 강의를 하고 올라가는 일정이었다. 이렇게 요일이 동선에 맞게 정해지면, 시간적으로도 경제적으로도 효율적이었다.

그때마다 늘 한 모텔을 정해놓고 숙박을 했는데 양복쟁이가 일주일에 한 번씩 들러서, 그것도 혼자서 자고 가니까 모텔 주인으로선 뭐하는 사람인지 궁금해서 참을 수가 없었던 모양이었다. 한 달쯤 지나니까 아가씨 필요하지 않으세요, 라는 말이 모텔 여주인의 입에서 먼저 흘러나왔다. 그때 그 중년 아줌마의 요상한 눈빛이 아직도 잊히질 않는데……. 당시엔 모텔에서 혼자 소주를 한 병씩 마시고 자기도 했고 노트북을 꺼내 원고를 쓰기도 했으며 에로 비디오를 보며 자위를 하다 잠들기도 했다. 모텔 방에 들면 언제나 세상의 가장 외진 곳에서 멸종을 기다리는 병든 짐승과 같은 심정이었다. 그러곤 서울에 있는 아내와 아이를 생각하는 것이었는데, 그 두 대척점이 지옥과 연옥의 거리 같았다.

새봄의 기운이 가득한 대학은 연둣빛으로 가득하다. 아이의 기분도 봄볕처럼 가벼워 보인다. 이곳저곳에 눈길을 던지며 잔디밭도 신나게 뛰어다닌다. 음료수 자판기 앞에서는 사이다를 먹겠다고 조르고, 편의점에 들어가서 껌이나 초콜릿 등을 골라 오기도 한다. 학교라는 말만 나오면 학교 안 갈래요, 안 갈 거야, 안 갈 거야, 계속해서 떼를 쓰는 아이가, 대학 캠퍼스에서는 그런 거부감을 느끼지 않는다.

겸이에게 점심을 먹여야겠다는 생각을 하고, 아이의 손을 잡고 천천히 학생 식당으로 발걸음을 옮긴다. 오후 두 시가 가까운 시간이라 학생회관 이 층에 있는 학생 식당은 한산하다. 식권 판매기에서 버튼을 누르겠다고 막무가내로 떼를 쓰는 아이를 겨우 말리고 백반 식권 두 매를 뽑는다. 아이를 우선 자리에 앉히고 돌아다니지 말라고 신신당부한 후에 배식대로 가서 두 개의 식판에 밥과 반찬을 받아 온다.

"겸아, 많이 먹어."

아이 앞에 식판을 놓아주면서 내가 말한다. 그러자 아이는 다짜고짜 단무지 무침부터 골라 거칠게 내 식판 위에 올려놓는다.

"안 먹을 거예요. 안 먹을 거예요. 안 먹을 거예요."

순간 화가 치밀어 오르지만 겨우 참는다.

"한 번만 얘기하라고 했잖아. 밥 먹어!"

겸이가 묵묵히 숟가락을 든다. 국을 한 번 퍼먹더니 거기에 밥을 모조리 말아버린다.

"겸이, 다 먹을 수 있어?"

"네!"

아이가 정도 이상으로 큰 소리를 낸다. 군데군데 앉아 있던 학생들의 시선이 우리에게로 쏟아진다.

"겸아, 작게 얘기하라고 했잖아?"

내가 인상을 쓰며 말한다.

"네에."

겸이가 의식적으로 작은 목소리를 낸다. 열한 살이지만, 유아기를 한 치도 벗어나지 못한 어리광은 대책이 없다. 아이는 씩씩하게 밥을 먹는다. 언제 봐도 먹는 것 하나는 복스럽다. 아이에게 화를 냈던 것이 곧 미안해진다.

밥을 다 먹고 다시 학생회관을 빠져나오니 시간은 벌써 세 시를 넘기고 있다. 오늘 해도 벌써 지겠구나. 이 여행, 어디까지 갈 수 있을까. 어디서 끝이 날까.

아이를 차에 태우고 문을 잠근 후에, 편의점에 들러 담배를 한 갑 산다. 그동안 끊었던 담배가 다시 맹렬하게 피우고 싶어진다.

물론 건강을 생각해서 끊은 것은 아니다. 담배 한 개비의 위안조차도 나에겐 사치라는 생각이 들었기 때문이다. 차로 돌아와 창을 들여다보니, 아이가 얌전하게 앉아 있다. 다행이다. 조금이라도 눈에서 멀어지면 걱정이 된다. 담배를 피워 물고 학교를 휘둘러본다.

십 년 전 한 문예지 신인상 공모에 투고해 당선 통보 전화를 받은 곳도 여기다. 강사 휴게실에서 보따리장수들끼리 사소한 잡담으로 시간을 때우는 게 싫어, 주차장 구석에 세워둔 차 안에서 공강 시간을 때우곤 했는데, 그곳으로 나의 당선을 알리는 소식이 날아온 것이다. 대학 시절부터 일구월심 소설가를 꿈꾸었던 나에게 드디어 낭보가 전해진 것이었다. 그것도 국내에서 가장 오래된 월간 문예지였다. 과거에 이 잡지로 등단하기 위해선 초회 추천에서 천료까지 세 번의 관문을 통과해야만 했던 지면이었다. 차 앞에 우수수 떨어지는 은행잎들이 모두 나를 위해 축복하는 것만 같았다.

그 후로 작품집을 두 권 출간했지만 큰 주목을 받지 못했고, 이삼 년 학위논문에 매달리다가 결국 튀어 올라가야 하는 타이밍을 놓치고 말았다. 새로운 스타 작가는 계속 만들어지고, 어렵사리 말석에 자리를 잡았다 하더라도 쉬이 밀려났으며, 절치부심 책을 낸다고 해도 평론가들의 주목을 얻지 못한다면 그것은 도로(徒勞)에 불과한 것이었다. 보따리를 들고 이 대학 저 대학을 뛰어다니며 주당 스무 시간 이상의 강의를 소화해내면서, 그사이 책이라도 낼 수 있었던 것은 그야말로 기를 쓰고 하지 않으면 안 되는 일이었다. 그러나 가정에서 나의 글쓰기는 자기가 좋아서 하는 일에 불과했고, 그로 인해 나의 글쓰기는 원치 않는 죄를 덕지덕지 뒤집어쓸 수밖에 없었다.

그러던 중 중부권의 한 대학에서 공고가 났다. 문예창작과 소설 창작 한 명으로 올라온 공고는 비정년트랙으로, 되더라도 언제 잘릴지 모르는 불안한 자리였지만 원서를 냈다. 우선 학교에서는 유명한 작가를 자리에 앉혀 얼굴마담으로 삼겠다는 생각은 없는 것 같았다. 타 학과와 마찬가지로 박사학위 소지자를 원했고, 동료 작가들 중에 학위가 있는 사람이 그리 많지 않으니까 매우 유리한 조건이라 판단했다. 하지만 학교 상황이 그다지 좋은 것 같지 않았다. 전공 교수가 꼭 필요해서 뽑는 것도 아닌 것 같았다. 전임교원 확보율 능 지표상의 문제를 개선하기 위한 임시방편일 수 있겠다는 생각이 들었다. 그럼에도 원서를 내지 않을 수 없는 상황이었기 때문에 일단 지원서를 냈고, 오 차에 걸친 전형 과정을 거쳐 결국 최종 합격을 통보받게 되었다. 소식을 듣고 아내는 연애 시절 나를 설레게 했던 미소를 잠시 되찾았고, 누나는 어머니가 기뻐하시겠다며 울먹였고, 처형은 이제 고생 다했네요, 라며 기뻐했다.

가족 모두가 학교가 있는 지방으로 이사 가는 것은 현실적으로 불가능했다. 우선 아이가 다니는 병원이나 언어클리닉 등 각종 치료 시설들을 다 포기하고 무작정 내려갈 수는 없는 노릇이었다. 우선 강의가 있는 나흘 동안은 학교에서 제공하는 게스트 하우스에서 지내고, 다시 서울로 올라오는 방식으로 지내기로 했다. 처음으로 연구실이라는 공간을 배정받고, 방문 앞 명패에 씐 내 이름을 본 순간 잠시 감격했던 것도 사실이었다. 여기서 좋은 선생이자 작가로 거듭나겠다, 무능한 가장이라는 오명에서도 벗어나겠다 각오하지 않았던가.

그러나 학기 초에 맺은 연봉 계약서를 보고선 눈을 의심하지 않을 수가 없었다. 지금 내 눈앞에 보이는 숫자가 맞는지 이해할 수가 없었다. 연봉 이천사백만 원(본봉 천구백만 원, 급양비 삼백만 원, 연구비 이백만 원). 부서의 팀장이라는 사람도 계약서를 내밀면서 머쓱한 표정을 지었다.

"학교가 어려워서, 어쩔 수가 없네요. 제가 어쩔 수 있는 문제도 아니고요. 조금 지나면 좋아질 겁니다. 여기에 사인하시면……."

　팀장을 붙들고 이게 교수 연봉이냐고 따질 수도 없는 문제라서 그대로 서명을 하고 나왔지만, 강사 때보다 적으면 적었지 더 나은 것은 아니었다. 전임이 된 이상 기존에 나가던 대학들도 모두 강의를 끊었다. 대학 본부를 나서면서 내 기대가 모두 허망한 것이었음을 확인했다. 학교의 재정 상태가 부실하다면 앞으로도 이런 조건은 크게 개선되지 않을 것이 분명했다. 이게 말로만 듣던 무늬만 교수구나, 교수 월급이 백만 원인 대학도 있다는 얘기가 우스갯소리가 아니구나, 하는 낭패감이 비로소 찾아왔다. 이 얘길 아내에게 어떻게 전해야 할지 막막했다. 여기에 오고 가는 교통비며 먹고 자는 비용까지 생각하면, 남는 게 없을 것 같았다. 이제 고생 다했네요, 라는 처형의 목소리가 귓가에 맴돌았다. 막차를 잡아타듯 겨우 붙잡은 자리가 이런 곳이라니! 아내는 돈이 들더라도 겸이에게 더 양질의 교육을 시킬 수 있겠다고 기대에 부풀었는데, 다시 한 번 당신이라는 사람이 그렇지 뭐, 라는 소리를 들어야만 하다니 혀를 깨물어버리고 싶은 심정이었다. 차도 적어도 준준형으로는 바꿔야 하지 않겠어요, 라고 말하던 아내의 웃음 띤 얼굴도 산산조각이 나버렸다.

개강 무렵의 공황 상태는 쉽게 극복되지 않았다. 학과에는 시창작 교수가 있었는데, 내가 오기 전까지는 그가 유일한 교수이자 학과장이었다. 그는 한 번도 본 적도 들은 적도 없는 시인이었다. 학생들은 전 학년을 다 합쳐도 오십 명이 채 되지 않았다. 그렇다면 한 학년 당 여남은 명씩은 되겠다고 생각하기 쉽지만, 거의 1, 2학년 학생들의 숫자였다. 3학년은 다섯 명, 4학년은 세 명인데, 학교에 다니지 않고 이름만 올려놓은 유령 학생들이었다. 3, 4학년이 이처럼 적은 것은 제대 후 복학을 하지 않거나 편입을 하거나 다시 수능을 보는 아이들이 있기 때문이었다. 시간표는 전 학년이 다 나와 있는데 실제 강의가 가능한 것은 1, 2학년뿐이었다. 게다가 2학년의 강의실 분위기는 이만저만 산만한 것이 아니었다. 아이들에게 뭐가 되고 싶으냐고 물으면 방송 일이 뭔지도 모르면서 방송 구성작가나 프로듀서라고 답했다. 단지 낭만적 동경일지라도 시인이나 소설가가 되고 싶어 문창과에 들어온 학생은 극소수였다.

"학과가 어렵습니다. 아이들이 이탈하지 않도록 잘 다독거리고 하나하나 챙겨줘야 해요. 강의를 오래 하셨으니까 아시겠지만, 옛날 문청들 생각하시면 안 된다고요."

학과장이 내게 처음 건넨 말은 이랬다. 문단에서 이미 알음이 있는 사이였다면 속엣말이라도 털어놓고 푸념이라도 하겠지만, 생전 처음 본 사람을 붙잡고 볼멘소리를 한다 해서 소용이 닿을 것 같지는 않았다.

연구실엔 책상과 장탁자, 책꽂이만 덩그러니 놓여 있었다. 집에 있는 책들을 학교 연구실로 다 옮기려면 비용두 많이 들 뿐만 아니라, 그럴 의미도 없을 것 같았다. 노트북과 일주일 동안 입을 와이셔츠와 속옷들을 챙겨 학교에 온 첫날, 마음은 텅 빈 연구실처럼 휑했다. 연구실을 그럴듯하게 꾸민다는 게 무슨 호사인가 싶었다. 필요한 기본서들과 당장 읽을 책들만 한두 권씩 가져오기로 했다.

첫 시간은 월요일 2, 3교시, 3학년 현대소설강독이지만 나올 학생들이 없으므로 강의는 하지 못했다. 5, 6, 7교시는 1학년 문학개론 시간인데, 수강 대상 인원은 스물일곱 명이지만 강의실에는 여남은 명만 앉아 잡담을 하고 있었다. 첫 만남이었는데도 아이들은 인사도 없이 멀뚱멀뚱 앉아 있었다. 낡은 교단 위로 걸음을 옮길 때마다 삐걱삐걱하는 소리가 들렸다. 썩은 다리를 건너는 기분이었다. 교탁을 짚고 아이들의 얼굴을 바라보았다. 무슨 애기를 해야 할까. 나를 처음 보지요? 아무 대답이 없다. 여러분에게 소설창작을 가르칠 김승호 교수입니다. 한두 명의 아이들이 살짝 고개를 까

딱할 뿐 역시 아무 대답이 없다. 사실 이런 아이들을 만나보지 못한 것은 아니다. 모 대학의 대학작문 시간에 만났던 생활스포츠학과 학생들도 그랬다. 강의실에서 무슨 얘기를 해도 아무 반응이 없는 아이들. 가장 단순한 질문을 해도, 잘 모르겠습니다, 라는 대답이 자동으로 나오는 아이들. 그럼, '잘 모르겠습니다'와 '모르겠습니다'의 차이가 뭐냐고 물어보면, 역시 모르겠습니다, 라고 말하는 아이들. 중간에, 잠시 쉬겠습니다, 라고 말하면 그제야, 지겨워, 라고 말하는 아이들. 그럼에도 출결만은 악착같이 챙기는 아이들. 한꺼번에 우르르 몰려나와서 지각을 체크하고, 각종 결석 사유를 이야기하는 아이들. 한 달에 두 번이나 생리 공강 사유서를 제출하는 여학생들. 너는 대체 생리 주기가 어떻게 되냐고 물을 수도 없는 노릇이다.

교과 내용을 소개하는데도 받아 적거나 적어도 관심 있는 눈빛으로 바라보는 아이들도 없다. 교재를 알려주었는데도 마찬가지다. 책은 이미 구내 서점에 주문을 해놓았지만, 다음 시간까지 책을 사 올지는 미지수다. 갑자기 고등학교 시절 "어머니, 학교에서 교련 시간에 쓴다고 총 사 오래요."라며 그때 돈으로 십만 원을 타냈다는 친구 녀석의 말이 떠올랐다. 이들도 집에서 교재값 명목으로 돈이야 탔겠지만, 물론 문학개론이 총은 아니니까 살 수는 있겠지만, 모를 일이다. 선생이라면 일단 아이들에게 자신감을 심어주고, 신뢰도 점차 쌓아나가야 한다고 스스로 다짐했다. 연봉 이천사백만 원짜리 교수라도 선생은 선생이지 않은가. 어쨌든 전임의 신분으로 처음 만나는 제자가 아닌가. 강의실을 나오면서, 아이들을 사랑해야겠다, 사랑하고 싶다, 사랑할 수 있다, 무수히 다짐했다.

2학년 소설창작기초라는 과목은 아무래도 실기 과목이다 보니, 아이들에게 이야기를 만드는 기본적인 기술을 가르치지 않을 수 없다. 중심 사건을 배열하고, 여기에서 파생되는 위성 사건들을 제시하고, 이를 다시 중심 사건과 재매개하는 기본적인 스토리텔링의 방법을 기존의 소설을 통해 분석하고, 엽편소설과 같은 짧은 이야기 짓기를 실습하게 했다. 그러나 문제는 여기에 있지 않았다. 아이들은 기본적으로 문장을 쓰지 못했다. 일단은 규범 문법에 맞게 문장을 기술하지 못하고, 생각나는 대로 말하듯 문장을 쓰고 있었다. 문장과 문장이 조응하여 한 덩어리의 사유를 만든다고 아무리 설명을 해봤자, 그들이 지어내는 문장들은 중언부언 그 자체였다. 그리고 모든 글의 결말은, 그래서 참 슬펐다, 참 기뻤다, 이상을 넘어서지 못했다. 어디서부터 가르쳐야 할지 대책이 없었다. 이들에게는 시창작이든 소설창작이든 아무것도 소용없었다. 모든 커리큘럼을 폐기하고 아예 받아쓰기부터 다시 해야 할 아이들이었다. 무늬만 교수라는 생각은 아이들에게서도 느껴지는 자괴감이었다.

아내는 이런 괴로움 속으로 매주 내던져지는 나를 위로하지 못했다. 이런 누추한 현실을 알고 싶지도 않았을 것이다. 도살장에 끌려가는 심정으로 매주 집을 나서는 나를 아내는 애써 모르는 척했다. 운전 조심하고 잘 다녀와, 라는 흔한 인사말조차 없었다. 아이의 온갖 떼와 이해할 수 없는 말과 행동을 받아내야 하는 아내는, 매주 월요일마다 지방으로 내려가는 남편을 자기만 살겠다고 도망치는 사람으로 취급했다. 매달 균등 지급되는 이백만 원은 세금을 떼고 나면 백칠십여 만 원밖에 되지 않았다. 아내는 이런 급여 통장을 보고 한숨이 나왔을 것이다. 직장에서 돈을 벌기 위해 가는 게 아니라 공기 좋은 지방에서 유하다 오는 사람일 뿐이었다. 월요일 아침, 집을 나서는 나를 대문 앞에서 한 번도 배웅하지 않은 아내는, 잘 놀다와, 라는 말을 하지 않기 위해 그런 것이 아니었을까. 비참함은 가정이든 학교든 어디에나 잘 보이도록 널려 있다. 학교로 향하는 중부고속도로 위에서 가드레일을 들이받고 죽어버리고 싶다는 생각을 얼마나 많이 했던가. 그렇게 한 학기가 저물어가고 있을 무렵 송희에게서 전화가 왔다.

차를 몰아 다시, 7번 국도를 내달리고 있다. 도로에는 이상하리만치 차들이 없지만, 어디선가 대형 트레일러나 덤프트럭들이 나타나 굉음을 내며 쏜살같이 스쳐 지나간다. 엄청난 무게와 속도에 내 차는 순간 휘청거린다. 겸이는 그럴 때마다 괴성을 지른다. 그게 좋다는 뜻인지 무섭다는 뜻인지 알 수가 없다.

"저 차들 무섭지?"라고 말하며 아이의 과잉 반응을 끊어주려 한다.

"맥퀸이 넘어졌어요. 아빠, 웃겨요. 으하하하."

아이는 이 상황을 애니메이션의 한 장면으로 바꿔버린다. 그러니까 아이는 그저 재미있을 뿐이다. 조숙한 아이들이라면 이렇게 말하지 않았을까. 저 차 운전사들도 다 먹고살려고 그러는 거겠지요. 기계에 관심이 많은 아이라면, 저런 차가 움직이려면 배기량이 큰 엔진이 달려 있겠지요, 라고 말하지 않았을까. 맥퀸인가 개퀸인가가 나오는 애니메이션을 아이에게 보여준 내가 미친놈이다. 가슴을 쥐어뜯고 유리창이라도 박살을 내야 후련할 것 같다.

이렇게 달리면 일곱 시 전으로 울진에 도착할 것이다. 태양은 서산 위에 손톱만큼 걸려 있었다. 저 반복적인 순환이 지루하게 느껴진다. 내일은 다시 저 바다 끝에서 실낱같은 빛을 틔워 올리겠지. 인간의 하루가 아무리 하찮고, 그 속에 깃들어 사는 무수한 생명들이 모두 풀강아지만도 못하다 할지라도, 모든 존재들이 짐져야 할 시간의 무게는 온 우주보다도 귀하다. 생명이 없으면 우주도 없으니까. 저 혼자 위대한 우주가 뭐란 말인가, 대체.

울진 시내가 눈에 들어온다. 오늘은 여기서 겸이와 밤을 보낼 것이다. 저녁밥을 먹여야 할 텐데, 사방에 커다란 대게 모형을 만들어 간판을 내건 식당들밖에 보이지 않는다. 그저 때우기만 할 저녁밥인데 그런 것이 눈에 들어올 리 없다. 가장 만만한 게 백반을 파는 집이다. 시외버스 터미널 쪽으로 차를 돌린다. 거기에 가면 그냥 밥집이라는 게 있기 마련이다.

"겸이는 뭐 먹을래?"

잠시 졸았는지 아이가 내 목소리에 눈을 번쩍 뜬다.

"여기가 어디예요?"

"울진."

내가 말하고서도 어이가 없다. 아이는 여기가 부산이라고 해도 믿을 거다. 그러니까 의미가 없는 말이다.

"저녁 뭐 먹을래?"

"돈온까슈!"

아이 입에서 뭉개진 발음이 흘러나온다. 정말 돈가스가 먹고 싶은 것일까. 아니면 생각난 대로 말한 것인가. 저녁에 돈가스라니 어울리지 않는다. 따뜻한 찌개와 밥을 먹이고 싶다. 아내가 끓여주던 매콤달콤한 김치찌개를 아이도 먹고 싶지 않을까. 밥집처럼 보이는 식당 앞에 차를 세우고, 내가 다시 제안을 한다.

"김치찌개 먹자."

"네!"

아이가 큰 소리로 대답한다. 저 크고 날카로운 목소리는 언제나 사람들의 이목을 집중시켰다.

식당 안에 들어와 아이를 앉히고 메뉴판을 보니, 여느 백반집이 그러하듯이 김치찌개가 눈에 들어온다. 돼지고기를 숭덩숭덩 썰어 넣은 푸짐한 것이라면 좋겠는데, 작은 뚝배기에 그냥 몇 점 집어넣고 끓인 것일 테지. 둘을 주문하고 기다리는데, 잠시 후 예상했던 대로 작고 볼품없는 두 그릇의 뚝배기와 마른반찬들이 주욱

따라 나온다. 조심하라는 말도 없이 뜨거운 그릇을 아이 앞에 내놓는 아줌마의 태도가 못마땅하다. 나는 조금 신경질적으로 아이에게서 뚝배기를 치워 가운데로 옮긴다. 아줌마도 언짢은 기운을 느꼈는지 자기 자리로 쌩하니 돌아간다. 음식에 손을 대기도 싫다. 분명히 끓은 것 같은데, 몇 개 들어간 감자 조각은 아직 익지도 않은 것이다. 어쩔 수 없는 일이다. 뚝배기에서 거품이 가라앉자 아이의 밥 위에 찌개 건더기를 건져 올려준다. 아이는 아무 소리 없이 밥과 함께 한 숟가락을 퍼 입으로 가져간다. 묵묵한 아이의 모습에 코끝이 시큰하다. 집도 없이 매일같이 돌아다녀야 하는 네가 불쌍하구나. 미안하다, 겸아. 이제 곧 이 지긋지긋한 시간을 끝내자. 조금만 기다려.

모텔에 들어와 아이를 씻기고 침대에 눕힌다. 아이는 내 핸드폰을 들고 뭔가를 하고 있다. 또래의 여느 아이들처럼 게임을 즐기는 것이 아니다. 검색창에서 자기가 찾고 싶은 지역이나 도로명을 검색하고, 지도를 이리저리 움직이거나 로드뷰 기능을 통해서 거리의 이곳저곳을 옮겨 다닌다. 아이의 망막 앞에는 이 가상의 공간이 실제처럼 펼쳐지고 있지 않을까. 겸이에게 환상은 추억에 대한 집착이다. 엄마 아빠와 함께 갔던 몇몇 여행지들을 반복적으로 찾으며 위안을 얻는다. 아이는 지금 통영 동피랑마을을 돌아다니고 있다.

"겸아, 이제 자야지. 핸드폰 이리 줘."

아이는 못들은 척 계속 손가락을 튕기며 핸드폰 속 공간에 빠져 있다.

"이제 그만하래도. 전자파 많이 쐬면 자꾸 멍해진다고. 멍해지고 싶어?"

여기서 멍해진다는 뜻은 쇼크가 일어날 수도 있다는 뜻인데, 아이도 자신이 경기를 하는 데 두려움을 가지고 있다.

"왜요?"

아이가 말을 듣지 않는다.

"왜 그만해야 돼요?"

아이가 떼를 쓰기 시작한다. 한번 자기 기분에 맞지 않으면 사람을 잡을 듯 달려든다. 슬슬 열이 오르기 시작한다.

"아프고 싶어? 또 쓰러지고 싶어?"

내가 큰 소리를 지르며 아이의 어깨를 잡아 베개 위에 쓰러뜨린다.

"왜요? 아빠 싫어요! 아빠 싫어!"

저 반복적인 말들. 나와 아내는 늘 아이의 이런 떼에 피가 마르는 것 같았다. 머리가 터져버릴 것 같은 울화가 차오르면 결국 매를 들 수밖에 없는데, 아이는 그럼에도 자기 분을 꺾지 않았다. 달리는 차 안에서 문을 여는 시늉을 하며, 지금 죽어버릴래요, 아파트 베란다를 바라보며, 여기서 떨어질래요, 라며 대거리를 끝까지 멈추지 않는다.

아이가 갑자기 손톱을 세우고 다가오더니 순식간에 얼굴을 긁는다. 이게 늘 겸이가 표출하는 분노의 최종 결정판이다. 이제 그럼 상황이 종료된 거다. 나는 볼을 손으로 감싸며 아이의 표정을 살핀다. 잔뜩 움츠린 모습에서 아이의 불안한 마음을 읽는다. 거울로 다가가 얼굴을 본다. 세 가닥의 붉은 선이 왼쪽 볼을 가로지르고 있다. 일부러 분장을 한 것처럼 우스꽝스러운 모습이다.

나는 아무 말 없이 아이를 다시 뉜다. 아이는 그사이 고분고분해져 있다.

"겸아, 잘 자."

"네!"

아이는 톤이 높고 날카로운 목소리로 대답한다. 이제 완벽하게 게임 오버다.

나는 검은 비닐 봉투 안에서 캔맥주를 꺼낸다. 뚜껑을 따서 한 모금 마시고 나니, 달아났던 정신이 잠시 찾아온 듯하다. 아이는 아직도 자지 않고 이불 속에서 뭔가 끊임없이 부스럭거린다. 이따금 괴상한 웃음소리가 흘러나오기도 한다. 나는 캔 속에 남아 있는 맥주를 단숨에 마셔버린다.

5_ 봉별(逢別)

　　망양 휴게소에서 바라보는 아침 바다는 잔잔하고 고요하다. 겸이에게 간단하게 잔치국수를 먹이고 나서 바다가 한눈에 들어오는 자리에 선다. 뜨거운 빛 덩어리를 낳았던 바다는 이제 잔잔한 물비늘을 덮고 숨을 고르고 있는 중이다. 아이는 내 주위를 계속 맴돌며 중얼거리고 있다. 달려요, 맥퀸, 맥퀸, 달려, 달려……. 지금 아이가 서 있는 곳은 자동차 경기장이다. 아이의 망막에는 현실과 다른 상황이 늘 동시 상영 중이다. 피식, 나오던 웃음이 깊은 한숨으로 바뀐다. 막막하게 펼쳐진 바다에 다시 시선을 던진다. 이런저런 포즈로 사진을 찍으며 왁자한 웃음을 터뜨리는 중년들이 삼삼오오 모여 있다. 저렇게 대책 없이 막연히 즐거웠던 적이 있었는가, 스스로에게 묻는다. 망양(望洋)이라는 지명이 자꾸 망향(望鄉)이라는 발음으로 입안에서 맴돈다. 우리는 모두 고향을 잃은 존재들이다. 내 흉터를 보기 위해 찾아온 이 시간은, 차오르는 바닷물처럼 언젠가 나를 익사시킬 것이다. 아이를 다시 휴게소 안으로 데리고 가서 약을 먹인다. 정수기에서 받은 한 컵의 물과 함께 흘러들어 간 이 몇 조각의 알약이 날카롭게 치뻗는 뇌파의 기세를 고자누룩하게 할 것이다.

다시 도로로 들어선다. 영덕을 가리키는 이정표가 보이자, 도로 옆에 신기루처럼 일군의 군인들이 대대 깃발을 앞세우고 아침 구보를 하고 있는 모습이 나타난다. 그들의 대열을 지나칠 때, 귀가 먹먹해질 만큼 우렁찬 군가가 와락 달려든다. 동이 트는 새벽꿈에 고향을 본 후…… . 머리보다 입이 먼저 반응하는 조건반사. 외투 입고 투구 쓰면…… . 이상하다. 룸미러로 뒤를 바라보자 그들이 감쪽같이 사라져 있다. 어디로 간 거지? 잠시 전, 스쳐 지나갔던 그들의 대열 속에서 가장 지친 병사의 얼굴이 되살아난다. 허우룩한 어깨를 들썩이며 가쁜 숨을 몰아쉬던, 뿔테 안경의 그 병사. 그는 이십오 년 전 나의 모습이다. 영덕 대대에 자대를 배치받고 가

지 않는 국방부 시계를 원망하며, 군 시절 내내 해안 진지 공사와
경계 근무로 스스로를 탕진했던, 유예된 시간들.

김 상병님 면흽니다, 라는 연락을 받고 위병소로 내려가니 거기
에는 송희가 병아리 같은 노란 웃음을 짓고 있었다.

"승호야. 너 건강해졌다?"

송희는 올릴 수 있는 가장 높은 옥타브로 말했다.

내가 그녀의 섬섬한 손을 그러쥐고 있을 때, 누군가 뒤에서 내
어깨를 쳤다. 석이였다. 그의 익살스러운 표정이 이물스럽게 느껴
졌다.

"승호는 내가 온 게 안 반가운가 봐?"

그가 먼저 내 얼굴을 읽었다.

"무슨 소리야? 그럴 리가 있어?"

내가 얼버무리며 말했다.

부대에 따로 면회실이 없어서 일단은 그들을 잠시 기다리게 해
놓고, 행정반으로 향했다. 인사계 업무를 맡아보는 동기에게 외박
을 부탁하기 위해서였다. 토요일이었기에 외박을 얻어내는 것은
어렵지 않았다.

영덕 군내에 들어가 허름한 호프집에 자리를 잡았다. 봄인데도 작년 겨울에 했던 성탄절 트리가 그대로 불을 밝히고 있는 그런 가게였다. '88오비타운'이라는 간판을 내건 그 집에서는 늘 한물간 포크 음악이 감상적인 분위기를 만들어내고 있었다.

"상병이 될 때까지 면회도 한 번 못 왔네. 미안."

송희가 먼저 말문을 열었다.

"이제 4학년이겠네? 세월 참 빠르다."

내가 말을 받는 대신 송희의 사정을 물었다.

"응. 이제 졸업 전시회만 하면, 대학 생활도 끝이다."

송희가 의식적으로 짧은 한숨을 쉬었다.

"장군의 아들은 이제 3학년이신가?"

석이에게 시선을 던지며 내가 말했다. 장군의 아들은 당시 육 개월만 복무하는 방위병을 조롱하는 말이었다.

"그렇게 말해야 억울함이 풀린다면 마음껏 놀려봐."

석이도 지지 않고 대거리했다.

어색한 분위기가 느껴지자 송희가 나서서 분위기를 전환했다.

"승호도 이제 곧 제댄데, 뭘. 그럼 우리나라 모든 여자는 신의 딸이게?"

"송희 양은 석이 군을 바로 두둔해주시는군."

내가 부러 이기죽거리며 말했다.

"자, 이렇게 다시 만났잖아. 오늘을 기념하며! 자자."

석이가 서글서글한 성격답게, 맥주잔을 높이 치켜들며 말했다.

빈속에 맥주를 들이붓고 나니 술기운이 금방 느껴졌다. 오랜만에 나온 외박이라서 그런지 방일의 감정이 불쑥불쑥 고개를 들었다. 석이는 방위병으로 근무할 때도 송희를 자주 만났을 것이고, 학년이 달라졌다고 하더라도 송희 옆에는 늘 석이가 있었을 것이었다.

"너희들, 오늘따라 남매처럼 보이는군."

건너편에 나란히 붙어 앉아 있는 송희와 석이를 보자니, 은근히 배알이 꼴렸다.

"승호야, 오늘따라 왜 그래?"

나의 계속되는 트집에 송희가 바락 화를 냈다.

"부창부수군."

내가 다시 깐족거리며 말했다.

"야, 나가자. 노래방 갈래? 승호가 힘든가 보네."

석이가 자리를 털고 일어나 계산을 하기 위해 카운터로 걸어가자 송희가 뒤따라갔다.

그래, 다 가라. 나쁜 년놈들아. 나는 속으로 이렇게 중얼거리고 있었는데, 잠시 후 누군가의 손이 겨드랑이를 파고들었다. 송희였다.

"자, 일어나. 나가자, 어서."

바로 옆에서 말하는 송희의 입에서 술 냄새가 섞인 엷은 단내가 났다. 그녀에게 입을 맞추고 싶었지만, 이상하게 자꾸 눈물이 날 것 같았다. 나는 이미 비틀거렸고 송희가 나를 부축했다. 송희의 몽글몽글한 젖가슴이 팔뚝으로 전해졌다.

노래방에 들어오자마자 나는 소파에 허물어졌다. 당시만 해도 오백 원짜리 동전을 하나씩 넣고 노래를 부르던 시절이었는데, 석이가 소쿠리에 담긴 동전을 자꾸 까불며 절렁절렁 소리를 내고 있었다. 나는 녀석이 부리는 여유가 밉살스러웠다. 그들은 번갈아가며 노래를 불렀고, 나중엔 듀엣 곡들을 선곡해서 불렀다. 속이 뒤틀리는 것이 술 때문인지 질투의 감정 때문인지 알 수 없었지만, 자꾸 섭섭한 생각이 드는 것은 어쩔 수 없었다. 우리 모두 서로 친구 아니었냐고 따져 물을 수도 없었다. 사람의 마음이야 물과 같아서 어디로든 흐르기 마련이니까. 그들이 소리새의 「그대 그리고 나」라는 노래를 부르는 동안, 나도 모르게 짠 눈물이 흘러 테이블에 고개를 묻을 수밖에 없었다. 나는 송희에게 가난하고 보잘것없는 나약한 청년에 지나지 않았을 것이다. 칼 맞아 죽은 아버지와 불에 타 죽은 어머니를 둔 가난뱅이, 종말론에 미친 남편을 둔 불쌍한 누나가 유일한 피붙이인 고아를 어떤 여자가 사랑하겠는가 말이다. 게다가 글쟁이의 싹수가 보이는지 아닌지도 분간하지 못하는 얼치기 작가 지망생이었으니 말이다.

새벽에 눈을 떴을 때, 나는 여관방에 누워 있었다. 점멸하는 네온사인 불빛이 커튼 사이로 새어 들어와 방 안을 노란색, 파란색, 빨간색으로 물들이고 있었다. 나는 그 순서를 헤아리며 말똥말똥 천장만 바라보았다. 옆을 보니 석이가 나직한 숨소리를 내며 잠들어 있었다. 깊은 잠에 든 것 같지는 않았다. 송희가 없는 것으로 보아 방을 두 개 얻었으려니 생각했다. 파란색 네온이 켜질 때마다 지지직 타들어가는 소리가 났다. 나는 그 리듬에 숨소리를 맞추고 오지 않는 아침을 기다리며 시체처럼 누워 있었다. 손목에 걸린 시계를 보니 시간은 새벽 세 시를 넘기고 있었다. 그때였다. 석이가 조용히 일어나더니 살짝 방문을 열고 나가는 것이었다. 잠시 후, 옆방 문을 작게 두드리는 소리가 들렸다. 노크는 집요하게 이어졌다. 이윽고 문이 열렸다. 아침이 올 때까지 석이는 다시 내 옆으로 돌아오지 않았다.

국도를 한참 내달리다가, 잠시 쉬어갈 요량으로 월포 해변으로 차를 돌린다. 아이는 간간이 노루잠을 잔다. 차 안에서 잠을 잘 자지 않는 아이인데 설핏설핏 눈꺼풀이 감기는 것을 보면 연일 차를 타고 움직이는 것이 아이에게도 부담인 것 같다. 영덕을 빨리 빠져나가고 싶다. 몇 번이고 소총을 거꾸로 들었지만 방아쇠를 당기는 것은 쉽지 않았다. 송희와의 메별은 나에게 한 시절을 도려내는 것처럼 아팠다. 시집살이에 시달리고 있는, 포항에 사는 누나가 보고 싶었지만, 그도 쉬운 일이 아니었다. 매형이 종말론에 빠져 힘들다는 얘기를 누나의 편지를 통해 알고 있었지만, 그녀의 눈물을 닦아줄 수는 없었다. 하루도 개인적인 시간을 주지 않는 악독한 시어머니 때문에 누나 역시 단 한 번도 면회를 오지 못했다. 아마 군 생활을 하는 동생에게 자신의 지치고 쇠약한 모습을 보여줄 수 없었기 때문이었으리라.

일단 근처 횟집에서 아이에게 점심을 먹이기로 한다. 매운탕 정도야 어디서든 팔 것이고, 관광객이 없는 평일이라서 회를 시키지 않는다고 싫은 내색을 하지도 않을 것 같다. 입간판의 글자들이 나달거려 횟집이 히집으로 변해 있는 허름한 식당으로 들어간다. 아이도 아무런 저항 없이 천천히 따라온다. 어젯밤 아이가 얼굴에 그어놓은 세 줄기 붉은 줄이 볼썽사나울 것이다. 손바닥으로 쓱쓱 문질러보니 여전히 쓰리다.

우럭 매운탕 하나를 시키고 자리에 앉는다. 아이는 수저통 옆에 포개져 놓여 있던 네 개의 물컵을 나란히 세워놓고, 그사이로 이리저리 자동차를 움직인다. 다행히도 식당에 손님들이 없어 나는 아이의 행동에 제재를 가하지 않는다. 사실 아직은 이렇게 놀아도 이상하게 생각할 나이는 아니다. 다만 아이가 또래보다 덩치가 커서, 조금은 나이에 맞지 않는 유아적인 행동으로 비칠 수 있을지 모른다. 이런저런 생각들이 모두 타인의 눈을 의식하는 것들이어서, 갑자기 자괴감이 든다. 굳이 그럴 필요도 없는 눈칫밥을 스스로 먹고 있는 셈이다.

가스버너 위에서 끓고 있는 매운탕은 우럭 특유의 기름기가 흥건하다. 살들을 미리 발라 아이의 공기밥 뚜껑 위에 올려놓는다. 순간 겸이가 숟가락을 들어 펄펄 끓고 있는 매운탕의 국물을 뜨려다가 화들짝 놀라고 만다. 뜨거운 냄비 손잡이 끝에 여린 손이 닿은 것이다. 아이는 손을 움켜쥔다. 나는 옆으로 다가가 휴지에 물을 묻혀 아이의 손에 댄다. 주방 아줌마도 눈치를 챘는지 젖은 행주를 다급하게 가져온다. 행주에는 몇 가닥의 머리카락과 군데군데 고춧가루가 끼어 있다. 젖은 휴지를 떼고 덴 자리를 본다. 아주 살짝 흰 줄이 가 있다. 아마도 물집이 생기고 부풀어 오를 것이다. 나는 순간 짜증이 일어난다.

"뜨거운 건 손대지 말라고 했잖아!"

내가 작지만 단호하게 말한다.

"아빠 싫어!"

겸이가 신경질을 낸다.

식당에서 싸울 수도 없으니 참기로 한다.

"밥 먹어!"

"아빠 싫어!"

나는 아무 말도 하지 않는다.

아이가 묵묵히 숟가락을 들어 맨밥을 떠서 입으로 가져간다. 아이가 더 이상 떼를 쓰지 않아서 다행이다. 순간적으로 아이가 불쌍하게 느껴진다. 많이 아프냐고 물어보며 위로하는 것이 먼저가 아니었을까. 우선 짜증부터 내고 보는 내 성미 때문에 아이도 그동안 상처를 받았을 것이다.

"겸아, 가다가 약국 있으면 후시딘 사서 발라줄게. 알았지? 아빠가 잘 봐야 하는데 미안해!"

내가 겸이를 어르듯 말한다.

"네!"

겸이가 큰 소리로 대답한다. 이때 가까이서 우리를 바라보던 식당 아줌마가, 씩씩하네, 라고 말하며 아이의 역성을 든다.

매운탕은 그런대로 먹을 만하다. 겸이도 어린 나이에 맞지 않게 매운맛을 좋아해 잘 먹는다. 공기밥을 비우자마자 자리에서 일어나 카운터로 간다.

"아드님과 여행하시나 봐요?"

식당 아줌마가 친절을 베풀듯 인사말을 던진다.

"아, 네에."

내가 얼버무리며 답한다.

"아이가 참 예쁘네요."

아줌마가 말을 덧붙이지만 나는 인사도 없이 바로 문을 열고 나와버린다. 아줌마는 어떻게 생각했을까. 다시 차에 오르는 우리를 보면서 비로소 이런 결론을 내리지 않았을까. '아버지가 저렇게 싸

가지가 없으니, 아들내미가 저 모양이지.'

차를 몰고 다시 국도로 나가려는 순간 겸이가 말한다.

"후시딘은?"

나는 아무 말도 하지 않는다.

"후시디인은?"

아이가 재우쳐 묻지만 역시 아무 대답도 하지 않는다.

"후시디인은? 후시딘 사는 거는?"

아이도 끈질기게 묻는다.

"아프냐?"

내가 겨우 말을 받는다.

"네!"

또 큰 소리로 대답한다.

"작게 말하라고 했지?"

"네에."

아이가 의식적으로 작은 목소리를 낸다.

"여기 약국 없어. 조금 가면 도시가 나오니까 거기서 사줄게."

"레모나는?"

"후시딘 산다며? 그런데 레모난 또 뭐야?"

모두 다 알면서 내가 야단을 친다. 제 엄마가 약국에 가면 언제나 분말로 된 비타민 C를 사주곤 했기 때문이다. 후시딘도 바르고 레모나도 먹고 싶다는 얘긴데, 내가 부러 투덜거린다. 아이에게 미안한 일이지만, 나 역시도 이 길이 고통스럽다. 이제 곧 포항이 나오고 거기엔 내 누나의 유적이 또 생채기를 벌리고 있지 않겠는가.

컵 홀더 속에 넣어두었던 핸드폰에 진동이 울린다. 화면을 보니 이명옥이라는 이름이 뜬다. 전화를 받을까 말까 고민한다. 몇 년 동안 연락 한 번 없다가, 요 며칠 간헐적으로 전화가 걸려 온다. 나는 욕이라도 한 사발 해야겠다 생각하고 통화 버튼을 누른다. 내가 여보세요, 라고 몇 번을 말해도 아무 소리도 들리지 않는다.

"야, 개 같은 년아. 전화를 했으면 말을 해라, 말을!"

아이가 듣든 말든 냅다 욕을 내뱉는다. 아무 소리도 들리지 않는다.

"씨발, 미친년아, 말을 해!"

눈물이 울컥 터질 것 같지만, 꾸역꾸역 마른침을 삼키며 감정을 가라앉힌다. 잠시 후 수화기 저편에서 먼저 울음이 터져 나오고, 그 소리는 오랫동안 계속된다. 계속 울음소리를 듣자고 수화기를 들고 있을 수는 없을 것 같다. 하지만 나도 모르게 내 볼 위에도 눈물이 흐른다. 겸이가 긁은 자리에 짠 눈물이 닿으니 살갗이 쓰리다. 아내의 울음은 멈추지 않는다. 나는 조용히 종료 버튼을 눌러버린다. 아이는 내 얼굴을 힐끔힐끔 바라보며 눈치를 살핀다.

송희와 결혼하게 되었다는 석이의 전화를 받았을 때 나는 충격을 받지도 않았고, 물론 결혼식장에 가지도 않았다. 그렇게 하나의 인연이 깨끗하게 떠나갔을 무렵, 나에겐 이명옥이라는 새로운 여인이 운명처럼 다가와 있었다. 우정이라는 미지근한 감정에서 시작된 외사랑이 아니라, 서로에 대한 호감이 사랑으로 바뀌는 신비한 감정의 변화를 처음 경험하고 있던 무렵이었다.

아이가 발로 콘솔 박스를 계속 차고 있다. 하지 말라고 수백 번 잔소리를 해도 고쳐지지 않는다. 이젠 그대로 놔두는 수밖에 없다 생각하지만 그 소리는 갈수록 뾰족뾰족 신경을 자극한다.

"하지 말라고 했잖아!"

결국 큰 소리를 지르고 만다. 아이는 발차기를 멈추지 않는다. 이런 아이를 보면서 아내는 얼마나 속이 탔을까. 계속 마이너스의 늪 속으로 점점 더 깊게 빠져가는 통장을 보면서 얼마나 절망했을까. 이제 돈이 나올 구멍도 없는데, 아픈 아이를 데리고 하루 종일 병원에서 언어 클리닉으로 놀이 교실로 심리 치료실로 수영장으로 끌고 다녀야 하는 아내는 얼마나 죽고 싶었을까. 집을 뛰쳐나가 몇 년 동안 아무 연락도 없었던 아내지만, 말 못할 사연이 있을지도 모른다는 생각이 든다. 돈 많은 사람에게 시집을 간 것도, 자기 혼자 죽어버린 것도 아니다.

"겸아, 엄마가 겸이 보고 싶대."

겸이가 고개를 돌려 나를 바라본다.

"겸이도 보고 싶어요. 엄마한테 갈래요."

아이가 교과서를 읽듯 말한다. 그러나 그 마음만큼은 얼마나 간절한 것일까.

차가 포항 시내에 들어선다. 나는 송도 해변 쪽으로 핸들을 돌린다. 일상을 사는 사람들의 퇴근 대열 속에 끼어 있고 싶지 않다.

송희에게 다시 연락이 온 것은, 내가 박사과정을 수료하고 보따리장수를 시작하던 무렵이었으니까, 영덕에서 그녀를 만난 후 십 년의 세월이 지난 다음이었다. 내 연락처를 알아내는 것은 문인 주소록만 보아도 가능한 것이니까 어려운 일은 아니었다 해도, 바로 엊그제 만났다가 헤어진 사람처럼 대하는 그녀의 말투는 당황스러웠다. 잘 지냈어, 라는 말로 지난 세월을 뛰어넘을 수 있는가 말이다.

그녀는 전혀 연고가 없는 충북 음성에서 살고 있었다. 신접살림은 강릉에서 시작했는데, 미대를 나온 두 남녀가 할 수 있는 일이란 게 그리 많지 않았다고 했다. 자신은 화실에서 초등학생들을 가르치는 미술 강사로, 석이는 조소과 졸업생답게 지역의 석공예 공장에서 겨우 사회생활의 첫발을 뗐다고. 거기서 태어나 초중고등학교와 대학교를 모두 나왔기 때문에 고향 사람들이 모두 가족 같고, 크게 부자가 되지는 못해도 그날그날 사는 데는 큰 무리가 없었다고 덧붙였다. 지역 사람들 모두가 혈연과 학연으로 연결된 거대한 집단 공동체이기 때문이다. 그러나 석이는 이런 곳을 한번 떠나보자고, 저 영(嶺)을 한번 넘어가보자고, 끊임없이 졸랐다고 했다. 하지만 그녀는 고래 배 속 같은 그곳을 떠난다는 생각은 한번도 해본 적이 없었다. 너무 좁은 곳이라 그만큼 사사건건 행동의 제약이 크고, 때에 따라서는 지루하고 답답하게 느껴지지만, 그곳을 떠나는 것은 망망대해로 스스로를 내미는 것처럼 느껴졌다고 말했다. 그렇게 몇 년을 실랑이하다가 결국 석이를 따라가게 된 곳이 음성의 작은 시골이었다고 했다.

낯선 시골 마을로 이사를 갈 거면 그냥 고향에서 사는 게 낫지 않냐고, 내가 거기서 할 수 있는 게 뭐가 있겠냐고 항변을 해도, 자신의 처지를 이해해주지 않았다고 했다. 석이는 음성 쪽에 석재 공장을 차려 새롭게 조성되는 공원묘지에 각종 석물을 대주는 일을 시작했다. 석축, 비석 등 각종 석물과 납골묘 공사에 석재를 공급하기 시작하면 곧 수십 억의 떼돈을 벌 수 있다고 호언장담했다고 했다. 일단은 시댁과 자기 집을 담보로 대출을 받아 전액을 투자했고, 돌을 자르고 주무르는 데는 일가견이 있으니 나중에 돈을 불려서 이자까지 쳐서 드릴 거니까, 고마워할 준비나 하라면서 부모 앞에서도 큰소리를 쳤다고 말했다. 그러나 정작 중요한 것은 이 모든 것에 대해 자신과는 한마디 상의도 없었다는 사실이었다. 그는 거기에 인생의 모든 승부를 건 사람처럼 보였고, 이사를 가기 전에 식구들은 물론 친구들과도 밥 한 끼, 술 한 잔도 먹지 않고 그대로 고향을 떠났다고 했다. 음성군 생극면에 있는 한 빌라에 전세를 얻어 들어갔는데, 아이도 없는 여자가 농사를 짓는 것도 아니면서 시골 마을에서 사는 것은 거의 무위에 가까운 고역이었다고 털어놓았다.

그 이후 전화로 종종 서로의 안부를 주고받게 되어, 그녀와 나

사이엔 다시 흔들 다리 같은 것이 불안하게 놓이게 되었다. 석이는 채석장과 공장을 오고 가며 사업에만 빠져 있다고 했다. 그러니 아이가 들어설 염도 못 내고, 이럴 거면 돌덩이나 껴안고 살지 왜 나랑 결혼했냐고 바락바락 화를 내도, 그는 씩 웃으며 더 좋은 일이 생길 텐데 조금만 참으라고 말할 뿐이었다고.

"이틀에 한 번은 들어오던 사람이 이젠 일주일씩 보름씩 안 들어와."

송희는 이런 식으로 가끔 나에게 한탄을 늘어놓았다. 나는 왜 이런 얘기를 들어줘야 하는지 의아한 생각이 들었지만, 이상하게도 그녀를 통해 지난날의 억울함을 보상받고 싶다는 욕망이 서서히 고여들었다. 그러기에 네가 남자를 잘못 선택한 거야, 라고 말하고 싶었지만, 그녀 역시 보따리장수의 아내이고 싶지는 않을 것이었다.

"지금 와서 이런 얘길 왜 하냐고 하겠지. 미안해. 미안하다고."

그녀는 스스로의 자괴감을 나에 대한 투정으로 바꾸어 투사했다. 백번 양보해서 그냥 친구니까 하소연하는 것이라고 해도, 이건 삼류 에로 영화에서나 나오는 대사가 아닌가. 석이가 만족을 시켜주지 못하니까 나랑 만나자는 애긴가. 그래서 자고 싶다는 애긴가. 도대체 나를 어떻게 생각하기에 자기 부부 사이의 일들을 세세하게 늘어놓으며 동정을 요구하는지 이해할 수가 없다. 그동안 나 혼자 감당해야만 했던 상처는 아랑곳하지 않고서 말이다. 그렇지만 나 역시 속물적인 남자였기에, 석이에 대한 복수심과 송희에 대한 원망을 풀어버릴 기회를 놓칠 수 없었다.

전화만 하지 말고 한번 만나자고 말한 것은 누가 먼저였던가. 유부남 유부녀가 되어 다시 만난다는 사실이 묘한 흥분과 긴장을 불러일으켰다. 충청도에 있는 한 대학에 강의를 하러 갔던 길에 그녀가 산다는 생극면에 들렀다. 약속 장소인 면사무소 앞에 다다르자 송희가 눈에 들어왔다. 흰 남방에 하늘색 청바지를 입은 그녀는 주위를 두리번거리며 서 있었다. 사월 말로 접어들어 바람은 따뜻했고, 가지 위에 오래도록 붙어 있던 벚꽃 잎 두어 개가 마지막 떨이를 하듯 그녀의 머리 위로 내려앉았다. 내가 윈도우를 열고 최대한 환하게 웃으며 알은체를 했다. 그녀가 나를 발견하고 얼른 차에 올라탔다.

"오랜만이다."

그녀가 반달 같은 눈으로 웃으며 말했다.

"얼굴에 없었던 것도 생겼네?"

내가 우스운 소리인 양 말했다.

"으응. 쌍꺼풀? 이거 졸업 무렵에 한 건데. 그렇게나 오랫동안 못 봤구나."

그녀가 의식적으로 수다스럽게 말했다.

송희는 별로 늙은 것 같지 않았다.

"세월이 너만 비켜서 지나간 것 같네."

송희의 얼굴은 예나 지금이나 별로 변한 게 없는 것 같았다.

"너도 그런데?"

그녀의 입발림에도 불구하고 나는 검은 머리보다 흰머리가 더 많은 후줄근한 사십 대에 불과했다. 우린 다시 침묵에 빠져들었다. 송희가 무심결에 입을 달싹거리는 모습을 곁눈으로 바라보았다.

"석이는 오늘도 돌?"

내가 씩 웃으며 말했다. 송희는 잠시 머뭇거리다가 이렇게 말했다.

"넌 오늘도 꼰대?"

나는 순간 어리둥절했다.

"이렇게 말하면 너도 좋니?"

그러면서 송희가 피식 웃었다.

"그래도 남편이라고 역성을 드시는군."

"당연하지!"

송희가 주먹을 쥐어가며 부러 과장된 포즈를 지었다. 그녀는 그런 말과 행동을 통해서 어색함을 씻고, 우리의 만남에 개입되어 있는지 모를 삿(邪)된 기운을 숨기고 싶었을 것이다.

"여긴 동네가 손바닥이라서 눈이 많아. 좀 외곽으로 빠져나가."

송희가 마치 기사를 부리듯 말했다.

국도 주변엔 모텔들이 여러 채 들어서 있었다. 대낮인데도 그곳으로 들어가는 차들이 간헐적으로 눈에 띄었다. 아마 저들은 숙박비가 아니라 대실료를 지불하고, 서로의 삶을 탐할 것이다. 갑자기 낮거리라는 단어가 떠올라 슬쩍 송희의 얼굴을 바라보았다. 그녀는 나의 끈끈한 눈길을 아랑곳하지 않고, 봄꽃으로 울긋불긋한 산야에 시선을 던지고 있었다. 항상 반짝이던 오뚝한 콧날은 어딘가 빛이 바란 채 시무룩하니 내려앉아 있는 것 같았다. 나는 잠시 세월의 무게 같은 것이 느껴져 마음이 아득해졌다.

"이제는 얼굴에 원숙미가 느껴지십니다?"

내가 분위기를 띄우기 위해 농담을 던졌다.

"왜 그러셔? 그렇게 중년 부인으로 만들어야겠어? 난 너랑 같이 있으니까 다시 대학생이 된 기분인데?"

송희가 고른 치열을 드러내며 씩 웃었다.

저녁밥을 먹어야 할 때가 되었기에, 국도변에 있는 오리고기집에 들어왔다. 불판이 나오고 이런저런 음식들이 따라 나올 때까지 우린 서로의 눈길을 피하며 허둥대고 있었다.

"술이라도 한잔하면 좋은데, 운전 때문에 안 되겠네?"

송희가 먼저 어색함을 깼다.

"너만 한잔하지그래? 난 받아만 놓을게."

송희가 고개를 끄덕이길래 나는 백세주를 한 병 시켰다. 불판 위에선 고기가 지글거리고 있었고, 술잔이 나오자 서로의 잔에 술을 따랐다. 자꾸 영덕의 호프집이 생각났고, 불면의 시간을 보내야 했던 모텔이 떠올랐다.

잔을 부딪치자 그녀가 단숨에 술잔을 비웠다.

"이제 술꾼이 다 됐는걸?"

내가 너스레를 떨었다.

"너 만나니까 좋아서 그런다."라고 말하며 송희는 잘 익은 고기 한 점을 내 접시 위에 올려놓았다. 남들이 보면 다정한 중년 부부

처럼 보이겠다 생각하니 인연의 장난이라는 것이 신들의 주사위
판과 다를 바가 무엇인가 하는 생각이 들었다.

"아, 참. 너 첫 소설책 사봤다. 인터넷 찾으니까 나오더라."

나와 연락이 닿지 않았을 때도 송희가 나를 잊지 않고 있었다는
사실이 기꺼웠다.

"음. 이제 그 책 다 잊었어. 초판이라도 다 나갔으니 다행이지.
재판을 안 찍었으니 절판인 셈인데, 도서관 귀퉁이에서 서서히 낡
아가겠지."

"또 쓰면 되잖아. 지금 쓰는 건 없어?"

"있지. 곧 낼 생각인데, 벌써부터 부질없다는 생각이 드네."

내가 깊은 숨을 쉬며 말했다.

"이제 학위도 받고, 대학에도 얼른 자리 잡고 그래라. 넌 네가
하고 싶은 일 하면서 살잖아."

송희가 술 한 잔을 한꺼번에 털어 넣었다.

"학위는 곧 받게 돼. 그건 별거 아닌데, 보따리장수의 끝이 안
보이니까 문제지."

내가 어색하게 헛웃음을 지었다. 사실 이런 얘기는 하고 싶지 않
았다. 내 마음은 벌써 십 년 전, 영덕의 모텔로 돌아가 있었기 때문

이었다. 왜 그때, 석이에게 문을 열어주었는지, 그 녀석이 완력으로 너를 범한 것인지 아니면 원래 그런 사이였던 건지, 그걸 지금이라도 따져 묻고 싶었다. 그런 생각을 하다가 나도 모르게 내 앞에 있던 술잔에 손을 가져갔다.

"어? 마시면 안 되잖아?"

송희가 건너편에서 내 팔목을 잡으며 말했다.

"한 잔만 할게."

나는 잡힌 팔목을 풀고 그녀의 손을 슬며시 그러쥐었다. 보고 싶었다, 고 말하고 싶었지만, 그냥 그렇게. 송희도 오래도록 손을 놓지 않았다.

겸이에게 저녁을 먹여야겠다 싶어 도로로 차를 몰고 나온다. 유독 고기를 좋아하는 아이를 위해 갈매기살이라는 입간판을 크게 내건 식당 앞에 차를 세운다. 유리창 너머로 훤히 보이는 고깃집은 벌써 사람들로 가득 차 있다. 빈자리가 있을까 궁금했지만, 고기는 원래 이런 데가 맛있다는 생각에 차에서 내린다. 겸이가 차에서 내려 고깃집으로 뛰어가 문을 연다. 다행히 한 테이블이 남아 있다. 우린 테이블에 나란히 앉는다. 불판이 뜨거워 위험하고 고기를 집어주기도 좋기 때문이다.

"겸아, 오늘 소고기 먹을까?"

내가 겸이의 뒷머리를 쓰다듬으며 다정하게 말한다. 갑자기 아내의 얼굴이 떠오른다. 아내는 늘 겸이에게 어린아이 대하듯 말하지 말라고 했다. 그럴수록 어리광만 늘어나고 점점 더 대책이 없어진다고. 아내는 항상 아무런 전조도 없이 불쑥 화를 냈다. 화가 나면 나에 대한 호칭도 '겸이 아빠'에서 '너'로 바뀐다. "네가 아이 키우니? 항상 다섯 살배기 아이로 키울 거야? 이제 애는 열 살이 넘었다고." 이럴 때는 바로 사과하고 주의하겠다고 말하지 않으면 더 화를 키우게 된다.

쓸데없는 과거의 기억들이 불쑥 끼어들어 마음이 어두워진다. 주문한 갈매기살은 한참이 지나도 나오지 않는다. 테이블 위엔 덩그러니 물통과 두 개의 물컵만 놓여 있다. 친구나 동료, 혹은 가족들과 둘러앉은 주위 사람들에 비해 우리 두 부자는 너무도 초라하다. 이제 주머니의 현금도 오래가지는 못할 거다. 카드 빚으로 모든 것을 날린 나는 다시 그 네모난 플라스틱 조각을 만들 자신도 자격도 없다. 이런 상황에서 우리는 어디까지 닿을 수 있을까. 돈이 떨어지면, 이제 우리 둘은 지상에 존재하지 않을지도 모른다.

불판이 달아오르자 고기는 노릇노릇 익어간다. 잘 구워진 것을 접시 위에 올려놓을 때마다 아이는 날름날름 잘도 집어 먹는다. 먹을 때만큼은 손이 덜 탈 뿐 아니라, 양도 어른 한 사람 몫을 차지한다. 먹는 것만큼 다른 것도 잘했으면, 생각 주머니도 더 커졌으면 싶지만, 그건 늘 헛된 바람이었다. 아이의 식욕은 거의 집착에 가까웠다. 밥을 한 끼라도 건너뛰면 죽는 줄 알고 달려들고, 아직 밥때가 되지 않았는데도 밥을 달라고 떼를 쓰곤 했다. 그래도 이번 여행에서는 밥에 그다지 집착을 보이지 않는다. 아무래도 외부의 자극이 다양하게 들어오니까 먹는 생각을 덜하게 되는 것 같다.

2인분의 갈매기살은 거의 대부분 겸이의 입속으로 들어간다. 나는 냉면 한 그릇을 주문해서 먹고, 서둘러 자리에서 일어난다. 바쁜 시간에 테이블 하나를 차지하고, 고기도 많이 먹지 않고 나가는 사람을, 주인은 곱게 보지 않는다. 내가 내민 만 원짜리 몇 장을 받는 손길이 거칠다. 다음에 또 오세요, 라는 인사는 당연히 나오지 않는다. 괜히 불판만 더럽힌 사람으로 취급받는 것 같다. 잘 먹고 잘살아라 백정 놈아, 라는 욕설이 속에서 올라왔지만 그대로 아이의 손을 잡고 식당 문을 나선다.

또 잘 곳을 찾아야 하겠지만, 커피 생각이 간절해 인근 카페로 향한다. 카페에 앉아 통유리로 거리를 바라본다. 금요일 밤이라서 그런지 연인들이 많이 눈에 띈다. 갑자기 일어서서 돌아다니려 하는 아이를 겨우 자리에 앉힌다.

"왜 앉아야 돼요?"

겸이가 떼쓰기에 다시 시동을 건다.

"겸아, 아빠가 고기 사줬으니까 말 잘 들어야지?"

내가 아이를 토닥이며 달랜다.

"왜 말 잘 들어야 돼요?"

아이가 바로 대거리한다.

"이렇게 아빠랑 말장난하면 안 돼!"

내가 짐짓 굳은 표정을 짓는다.

"왜 말장난하면 안 돼요?"

아이를 도저히 이길 수가 없다. 뜨거운 게 치받친다. 나도 모르게 손이 올라가려는 것을 참는다.

"왜요? 왜요? 왜요?"

아이가 떼를 쓰며 테이블을 계속 찬다. 사람들의 이목이 우리 쪽으로 쏠린다.

"겸아, 제발. 제발."

화가 나는 단계를 지나니까 나도 모르게 눈물이 나온다. 저렇게 밖에 말할 수 없는 아이가 외려 불쌍하다. 아이는 내 눈물을 보자 상황을 이해했는지 이렇게 말한다.

"아빠, 왜 울어요?"

그러자 또다시 눈물이 왈칵 쏟아진다.

"아빠, 울지 마세요. 울지 마세요."

겸이가 냅킨을 뭉쳐 내 얼굴에 들이밀며 말한다.

6_ 젖무덤

"김 서방, 경주에서 하루 더 쉬다 가세요."

처형이 두툼한 돈 봉투를 건네며 말했다.

장인 장모가 세상에 없으니 아내의 언니가 유일한 처가 식구인 셈이었다. 3박 4일의 제주도 여행이 끝나자, 아내는 우선 부산에 들러 언니를 보고 서울에 올라가자고 했다. 그 집은 아내의 부모가 두 딸을 키운 곳이다. 아내는 그날 밤 낡은 앨범을 꺼내 부모님과 함께 살았던 시절의 추억을 내게 보여주었다. 누구나 했을 법한, 따뜻한 장면들이 서늘하게 가슴을 훑고 지나갔다.

그중에는 하단에 흰 글씨로 '1976年 May'라고 쓰인, 불국사에

서 찍은 가족사진이 있었다. 청운교와 백운교를 배경으로 아내의
아버지와 언니와 어머니가 나란히 서서 환하게 웃고 있었다. 아버
지는 선글라스를 폼나게 끼고 위아래로 양복을 빼입었고, 언니는
꽃무늬 원피스를, 어머니는 한복을 곱게 차려입고 있었다. 어머니
의 품에는 갓난아이였던 아내가 안겨 있었지만, 배는 또 남산만큼
불러 있었다. 아내의 어머니는 그해 여름, 사내였다는 이 아이를
사산하고 세상을 떠났다. 한 치 앞도 내다보지 못하는 사람의 운명
이 야속하기만 했다.

몇 장 되지 않는 내 가족의 사진첩은 어머니가 화마에 간 후로
유품들과 같이 태워버렸다. 나는 그 추억이라는 놈이 미웠다. 아내
는 처형이 주는 돈을 극구 사양했다. 하지만 처형이 경주 콩코드호
텔을 이미 잡아놓았기 때문에 반드시 가야 한다고 말하자, 못 이기
는 척 슬그머니 돈을 받아 쥐었다.

서울에서 우리의 결혼식이 있던 날, 양가의 일가친척들도 거의
없는 썰렁한 식장이 나는 부끄러웠다. 친구들 몇몇이 듬성듬성 자
리를 차지하고 있을 뿐이었다. 둘 다 부모가 없는 우리는, 손을 잡
고 동시에 입장하기로 했다. 나는 난생처음 턱시도를 입고 펭귄처
럼 뒤뚱거렸고, 치렁치렁한 레이스가 달린 웨딩드레스를 입은 아

내도 허둥거리긴 마찬가지였다. 처형이 의자에 앉아 우리를 보고 웃었다. 반대편에 앉은 누나도 빙그레 미소를 지었다. 그 옆에 있어야 할 나의 두 번째 매형은 끝내 나타나지 않았다.

주례는 대학원 지도 교수가 서주었는데, 주례사는 대학 강의의 연장이었다. 대학원 동료들은 아마 뒤에서 자기들끼리 킥킥거리고 있을 것이었다. 사진 촬영이 끝난 다음 그는 황급히 식장을 빠져나갔다. 주례비를 주기 위해 누나가 뒤따라갔지만, 그는 이미 식장 로비의 인파 속으로 묻혀버렸다. 그가 돈을 사양한 것은 가난한 제자에 대한 지극한 배려이겠지만, 뛸 듯이 식장 밖으로 사라지는 그의 발걸음은 거칠고 사나워 보였다. 폐백도 드릴 사람이 없으니 생략하기로 했다. 하객들이 많지 않아서 피로연장을 쓸 수 없어, 예식장 앞 작은 식당에서 뒷풀이를 했다. 처갓집 친지들은 모두 갈비탕을 한 그릇씩 먹고 일어나 서울역으로 향했다. 부산에서 올라온 아내의 친구들과 나의 대학 동창들은 언제 말을 주고받았는지, 자기들끼리 2차를 가겠다고 설레발을 쳤다. 그도 그럴 것이 제주도로 갈 비행기 시간이 얼마 남지 않았기 때문이었다.

대학 동창 한 명이 공항까지 차를 태워주겠다며, 자기 아버지의 승용차를 끌고 나왔다. 차에 오르려던 순간, 처형이 다가와 아내의 손을 꼭 잡았다.

"잘 다녀와. 부산에 들를 거지?"

처형의 목소리는 떨렸고 급기야 눈물이 주르륵 떨어져 내렸다.

"엄마, 아빠도 좋아하실 거야."

처형이 이렇게 말하자, 아내와 처형은 서로를 부둥켜안고 한참을 울었다. 내 곁에는 역시 누나가 서 있었고, 우리는 손을 맞잡은 채 그들이 울음을 그치길 기다리고 있었다.

"양양에는 들를 필요가 없으니, 신혼여행을 마치는 대로 서울에 올라가라."

누나는 겉으론 강한 척했지만 속으로는 가슴을 치고 있었을 것이었다. 서로를 환대해줄 친가도 처가도 없는 박복한 두 운명이 한없이 기구해서 말이다.

"언니, 고마워."

아내는 돈봉투를 내게 건네주며, 처형의 손을 잡았다. 그 의미는 나도 고맙다는 인사를 하라는 뜻일 것이다.

그렇게 해서 우린 경주에서 1박 2일의 시간을 보냈다. 신혼여행 제2부라고 우리는 키득거렸고, 제주도에서 쓰고 남은 정력의 마지막 한 방울까지 쏟아냈다. 2인용 자전거로 보문단지를 한 바퀴 돌았고, 그래도 힘이 남아 밤에는 아내를 업고 보라색 붓꽃이 핀 호변을 걷기도 했다. 이튿날은 국사책에서 사진으로만 보던 불국사를 처음 보았지만, 현진건이 「불국사 기행」에서 쓴 문장들은 하나도 실감으로 다가오지 않았다.

아내는 작고 귀여웠으며 나는 젊고 민첩했다. 우리가 가진 가방 끈만으로도 굶어 죽지는 않겠다고 희떱게 말할 정도로, 세상이 조금도 무섭지 않았다. 불행 끝 행복 시작을 우리는 모두 믿어 의심치 않았고 그동안 느끼지 못했던 만족을 우리가 만든 가정 안에서 충분히 보상받으리라고 무수히 다짐했었다.

카페에서 나오자마자, 겸이를 태우고 나는 곧바로 경주로 향한다. 도시 전체가 밤낮 없이 돌아가는 공장처럼 느껴진다. 중저음으로 울어대는 공장의 기계음과 굴뚝에서 꾸역꾸역 토해지는 흰 연기들이, 신음하는 세계의 몸부림처럼 느껴진다. 결혼과 동시에 이 낯선 곳으로 오게 된 누나는 아마도 멸망의 단애에 서 있는 느낌이었을 것이다. 신열을 앓는 지구의 온갖 아우성을 모아놓으면 바로 이런 소리일 듯싶다. 우우우엉 우우엉 우우우엉……. 지옥의 유황불 곁에 와 있는 느낌이랄까.

시간은 밤 여덟 시를 이제 막 지나고 있다. 도로에는 차들이 가득 들어차 있다. 가다 서다를 반복하는 동안, 겸이는 고개를 끄덕거리며 선잠에 들어 있다. 차가 막히자 뻥튀기와 생수를 파는 사람들이 도로에 서서 호객을 한다. 나는 윈도우를 내리고 생수 한 병을 산다. 아이가 깨어나면 약을 먹여야 하기 때문이다.

도로는 계속해서 막힌다. 송희에게서 온 전화가 기분을 우울하게 만든다. 그녀의 집에도 빨간 딱지가 붙을 날이 얼마 남지 않은 듯하다. 내 인생처럼 모두가 망해가는구나. 이 빌어먹을 생을 어서 끝내야지. 아이는 옅은 잠에서 깨어날 듯, 손에 쥔 자동차를 조몰락거린다. 아이가 갑자기 웃음을 터뜨린다. 이럴 때마다 아내는 나에게 이렇게 물었다. 약 먹였어? 뭐라고 야단을 쳐도 아이는 웃고 싶을 때까지 웃고 만다. 잠을 자던 아이가 갑자기 웃음보를 터뜨리는 상황을 어떻게 이해를 할 수가 있을까.

"겸아, 재미있는 꿈꿨어?"

"홍학이 웃겨요. 아빠 방에 있던 홍학은?"

겸이가 웃음을 겨우 참으며 말한다. 홍학은 아이 엄마와 겸이를 데리고 놀이공원에 갔을 때, 한 캐릭터 완구점에서 사준 마리오네트 인형이었다. 목과 몸통과 꼬리에 묶은 줄을 움직여 홍학이 걷거나 먹이를 먹는 모습을 보여주곤 했는데, 아이에겐 그 장면이 강한 인상으로 남은 모양이다. 줄이 꼬이고 먼지가 타서 아이 몰래 갖다 버렸지만, 아이는 끊임없이 그걸 찾았다. 아마도 엄마와 아빠와 함께했던 놀이동산의 기억이 거기에 담겨 있다고 생각하는 것 같다. 놀이동산에서의 하루가 아이에겐 마리오네트의 동화적 무대 그 자체였을 것이다.

사실 아이의 말은 찬찬히 생각해보면, 이해를 못할 것이 없다. 맥락이 없이 엉뚱한 말과 행동을 한다는 판단은 어른들의 생각일 뿐이지 않을까. 글을 쓴다는 사람이, 말의 심연을 이해하지 못한다면 안 될 일이다.

"겸이, 홍학 갖고 싶어?"

"네!"

아이가 크게 소리친다. 그러더니 곧바로 작게 네에, 라고 다시 대답한다.

"우리 겸이, 작게 대답했네?"

"네!"

아이가 다시 큰 소리로 대답한다. 나는 피식 웃음이 나온다. 꿈 속에서 홍학은 우줄우줄 춤추며 겸이와 신나게 놀았을 거다.

경주에 들어와서야 정체가 풀린다. 기와집들이 보이기 시작하고, 젖무덤 같은 거대한 능(陵)들이 아무렇지도 않게 곁에 서 있다. 수천 년의 세월 속에서도 자신의 원형을 무너뜨리지 않은 봉분들이 대견하게 느껴진다. 이에 비하면 한 사람의 생이란 얼마나 미미한 것인가. 내가 지닌 고통의 분량이란 것도, 온 생명들의 부침(浮沈)에 비하면 얼마나 보잘것없는 것인가. 그러나 하나의 존재는 자신의 생이 전부일 뿐, 우주의 시간을 사는 것이 아니다. 내가 고통스럽다면 그게 내가 사는 세상이고, 전부다. 빅뱅 이후 백오십억 년이라는 우주의 시간이, 이백만 년이라는 인류의 역사가 무슨 소용인가. 내 고통의 총량을 우주의 시간과 비교하는 것 자체가 무의미하다. 내가 없으면 우주도 없다. 이런 부질없는 생각을 이어가다 보니 차창 밖으로 경주역이 보인다.

문득 콩코드호텔에 전화를 해보고 싶다. 옛날 아내와 함께 신혼여행 제2부를 보냈던 같은 호실의 방이 아니더라도, 그 호텔에 묵고 싶다. 돈은 없지만, 언제까지 계속될지 모를 이 여행에서 나와 겸이에게 이런 호사쯤은 아무것도 아니다. 전화를 해보니 다행히도 더블룸 하나가 있다. 객실을 예약한 사람이 취소를 하는 바람에 예약을 할 수 있게 된 것이다. 일단 급히 예약을 하고, 십 분 내에

도착해서 체크인을 하겠다고 말한다.

"겸아, 오늘은 호텔에서 잔다."

"호텔에서 자는 거는?"

같은 말을 반복하는 겸이의 말버릇이 귀에 거슬리지만, 억양에서 이미 반색을 하고 있다는 것을 안다.

"호텔에서 잔다니까. 좋지?"

내가 들뜬 음성으로 말한다.

"목욕하는 거는?"

겸이가 다시 같은 식으로 묻는다. 강원도 어딘가 콘도에 놀러갔을 때 세 식구가 모두 욕실에 들어가 목욕을 한 적이 있었는데, 그 이후로 아이는 콘도나 호텔에 가면 의레 목욕을 하는 것으로 생각한다. 그 추억이 아이에겐 행복했던 거다. 뜨거운 물을 펑펑 틀어놓고, 엄마와 아빠와 함께 보글보글 거품이 이는 탕 속에 들어가 첨벙첨벙 놀았던 기억. 그러나 겸이에게 간질이 생기고부터는 한 번도 탕욕을 하지 못했다. 뜨거운 물속에서 있다가 몸이 지치면, 쇼크가 일어나기도 하기 때문이다. 탕 속에서 온몸이 뻣뻣하게 굳고 눈이 뒤집히는 모습을 보았을 때의 충격은 지금도 생생하다.

"이젠 약이 잘 드니까, 아빠랑 탕에 물 받아놓고 씻을까?"

아이의 기분을 맞춰주기로 한다.

"네!"

아이가 높고 큰 소리로 대답한다.

굳이 발레파킹을 하고 싶지 않아 주차장에 직접 차를 세우고 건물로 향한다. 겸이의 발길음이 경쾌하다. 아내가 있었으면 이렇게 말했을 거다. 좋은 건 알아가지고. 언제 어디서나 아내의 말이 귀에 걸린다.

프런트에서 방금 전화 예약을 한 사람이라는 것을 밝히고 체크인을 한다. 902호의 객실 키를 받고 보니, 이 방이 아내와 함께 신혼여행 제2부의 밤을 보냈던 방이 아닌가 하는 생각이 든다. 내 기억이 정확하다면 우리가 묵었던 방의 층수는 구 층이 확실한데, 호수가 기억이 나지 않는다. 키홀더에 열쇠를 꽂고 방 안에 들어와 커튼을 걷어보니, 그때 바라보았던 창밖 풍경이 고스란히 눈에 들어온다. 아내와 함께했던 객실이 정확히 이 방이 아닐 수도 있지만, 이 언저리의 어느 방인 것은 확실하다. 내가 지금 다시 그 방에 와 있다면, 우연치고는 너무도 절묘한 일이다.

겸이는 침대에 올라가 경중경중 뛰며 제풀에 신이 나 있다. 집이라면 또 잔소리를 하겠지만, 이제 야단을 쳐봐야 무엇하겠는가. 아이는 정도 이상으로 큰 소리로 웃다가 마침내 그 소리는 괴성에 가깝게 변해간다. 겸아, 이제 그만, 이라고 통제를 가해도 아이는 감정을 누그러뜨리지 못한다. 이러한 과잉 행동은 주의력 결핍을 동반하여 학습 장애와 사회성 결핍으로 이어질 수밖에 없다. 아이는 이런 이론을 그대로 재현하며 자라났고, 아내는 이런 아이의 상태를 조금이라도 변화시키기 위해 날마다 마른가슴을 쥐어짰다. 완력으로 아이를 제압하려 하면 아이도 반드시 물리적으로 저항하게 된다. 손톱을 세워 상대방을 할퀸다든지 주먹을 휘두른다. 큰소리를 질러 제압하려 하면, 이는 다시 말싸움으로 번지고 아이는 집요하게 떼를 쓰게 된다. 왜 뛰지 말아야 해요? 왜요? 왜요? 왜요? 이 악순환을 어떻게 끊어야 할까. 조금도 변하지 않는 이 아이의 머릿속에는 대체 무엇이 들어 있을까. 아이를 볕 좋은 날 탈탈털어 빨랫줄에 널어 말리고 싶다는 아내의 말이 다시금 떠오른다. 그렇게라도 해서 다시 맑아질 수만 있다면.

"목욕하는 거는?"

겸이가 침대에서 계속 뛰면서 말한다. 나는 아무 말도 하지 않는다. 좀 차분하게 물어도 되지 않을까. 그러나 그것은 내 생각일 뿐이다.

"목욕하는 거는? 아빠 말해주세요."

"그래, 하자. 옷 벗어."

아이는 그제야 뛰기를 멈추고, 옷을 벗어 아무 데나 던져버린다. 옷 정리에 대한 잔소리도 수백 번 했지만, 내 입만 아플 뿐이다.

"아빠는?"

아이는 옷을 다 벗고 나를 바라보며 말한다. 나는 그제야 옷을 벗고 아이와 함께 욕실로 들어간다.

"먼저 양치부터 해. 그동안 아빠가 탕에 뜨거운 물 받을게."

내가 치약을 짜 칫솔을 건네자 아이는 아무런 저항 없이 양치를 한다.

"물 다 받을 동안 해야 해!"

"네!"

저 입속이 치약으로 맑게 소독되어, 아이의 입에서 향기로운 생각이 피어날 수 있다면 얼마나 좋을까. 탕에 물을 틀어놓고 나도 치약을 짜 양치를 한다. 부자가 벌거벗은 채로 양치를 하는 모습이 거울에 비친다. 이 순간만큼은 아름답다. 구석구석 오랫동안 잘 닦는 양치 습관도 제 엄마가 들여놓은 것이다. 이것만은 여느 아들 못지않게 야무져 보인다.

욕실에 부옇게 습기가 들어찬다. 탕에 버블바스를 풀어 거품을 낸다. 겸이가 먼저 첨벙거리며 탕 속으로 들어간다. 나도 뒤따라 겸이 옆에 앉는다. 부자간의 이 행복한 장면을 오래도록 잊지 않으리라 다짐한다.

하지만 내 생각은 송희와의 시간으로 오버랩된다. 그녀와 다시 만나게 됐지만, 별다른 일은 없었다. 강의가 끝나면 가끔씩 그녀에게 전화를 해서 밥을 먹거나 차를 마시는 게 전부였다. 그러다가 이듬해 내가 그 대학 문창과에 전임으로 가게 되면서, 나흘 동안을 대학에 머무르게 되자 상황은 달라졌다. 아이로 인해 악을 쓰고 머리를 쥐어뜯던 시간들을 뒤로하고, 중부고속도로를 내달리면 나도 모르게 행복한 비명이 절로 나왔다. 그럼에도 가정이 내 행복의 근원이 되어주지 못하고 의무감에 묶여 있는 곳이라는 절망감은 언제나 그늘처럼 나를 따라다녔다. 그것이 나 스스로를 방일하지 않게 하는 윤리의 한 축이었던 것도 사실이다. 강의실에서 얄팍한 지식을 소진하는 일은 늘 괴로웠다. 백지처럼 착하기만 한 아이들에겐 문학이 중요한 게 아니었다. 문학은 노력한다고 되는 게 아니지 않는가. 절반 이상은 기질과 감각이 결정짓는 것인데, 타락한 목사의 안수기도처럼, 문학을 믿어봐, 구원이 열릴 거야, 라고 설

교할 수는 없지 않겠는가. 습자지처럼 너덜너덜해진 가슴으로 연구실에 돌아와 시간을 보내다, 교직원 식당에서 저녁을 먹고, 게스트 하우스에 가서 쓰러지는 일상이 지루해질 무렵, 송희는 내 곁에 와 있었다.

개강을 하고 한 달이 지난 다음, 이제 학교 돌아가는 일도 대충 눈에 들어온다고 자만을 부릴 무렵, 송희에게 전화를 걸어 저녁을 먹자고 말했고, 그녀는 흔쾌히 동의를 했다. 그녀는 내가 전임이 된 것을 기뻐했고, 직접 말하지는 않았지만 가까운 곳에 있으니 자주 볼 수 있으리라 생각했을 것이다. 우린 다시 그때 오리고기집에서 만나기로 했다.

"바빴지? 임용 첫 학기니까 그랬을 거야."

그녀에게 나는 대학에 갓 부임해 온 능력 있는 젊은 교수이지, 이천사백만 원짜리 비정년 트랙 전임강사는 아니다. 그녀 앞에서만은 자신이 있었고 당당했다.

"그래. 낯선 곳에 적응하려니까 그렇지. 모임은 또 얼마나 많은지. 연락 빨리 못해서 미안."

내가 지을 수 있는 최대한의 환한 표정으로 말했다.

"학생들한테 인기 많지? 그럴 거야. 젊은 교수님 오셨다고."

상투적인 말이라도 송희의 입을 통해 들으니 기분이 좋았다.

글로써 유명해져야지, 고작 지방대 전임이라고 누가 알아주는 것도 아니지 않은가. 한 줌도 안 되는 곳에서 자아도취에 빠져 허우적대는 교수들을 얼마나 비웃었던가. 이런 생각을 하면서, 무엇보다도 좋은 작품을 써서 이름값을 올려야겠다고 다짐했었다. 인기야 있는 것이 없는 것보다 낫지만, 강의 평가만 나쁘지 않으면 문제없다. 대학은 아이들을 잘 가르치는 교육기관도, 의미 있는 성과를 내놓는 연구 기관도, 제대로 된 교육 시스템을 갖춘 행정조직도 아니다. 일주일에 며칠 집필실에 내려와 있다 생각하고 글을 쓰는 거야. 남들은 이렇게 하고 싶어도 못하지 않는가. 이렇게 스스로를 다독였다.

차는 대리운전을 하기로 하고, 술을 마셨다.

"술 많이 늘었네? 대학 때는 맥주 몇 잔만 마셔도 금세 얼굴이 빨개졌었는데."

내가 빙긋이 웃으며 말했다.

"너도 잘 마시네, 뭐."

너, 라는 격의 없는 호칭이 우리 스스로를 젊게 만들기도 하는 것 같았다.

소주 서너 병을 비웠을 때, 밖은 이미 칠흑같이 어두워져 있었다. 송희도 많이 취한 것 같았다. 발음이 살짝 꼬이는 것이 귀여웠다. 나는 석이에 대해 묻지 않았고, 그녀는 나의 부인에 대해 언급하지 않았다. 대리운전 기사가 오자, 송희와 나는 뒷자리에 나란히 앉았다. 기사가 어디로 모실까요, 라고 물었지만 나는 뭐라고 해야 할지 몰랐다. 송희는 이미 나에게 잔뜩 기댄 채 눈을 감고 있었다. 그녀의 집이 있는 생극으로 가자고 해야 하나, 아니면 카페 같은 곳으로 이동해야 하나, 갈피를 잡을 수가 없었다. 나는 운전석 쪽으로 고개를 내밀고 기사에게 말했다. 제일 가까운 호텔로 가주세요.

송희는 이제 완전히 나에게 몸을 맡긴 채 잠들어 있었다. 가슴이 두근거리고 다리가 후들거렸다. 초등학교 때 학교 앞 문구점에서 쫀드기를 훔쳐 먹었을 때의 기분이랄까. 차는 어느 관광호텔 주차장에 멈춰 섰다. 기사에게 돈을 주자 그는 뒤따라온 차를 타고 가버렸다. 나는 잠이 들었는지 잠든 척을 하는지 알 수 없는 송희를 부축해 로비 의자에 앉히고, 프런트에서 체크인을 했다. 신용카드를 주고받고 사인을 하고 키를 받아 뒤돌아서니, 송희가 보이지 않았다. 내가 오래된 친구에게 괜한 실수를 저지른 것이 아닌가 싶었다. 밖으로 나갔나 싶어 현관 쪽으로 발걸음을 옮겼다. 회전문을 밀고 나가려다가 다시 뒤를 돌아보았다. 그녀는 로비 건너편 엘리베이터 옆에 서 있었다. 단지, 프런트 앞에서 기다리기가 쑥스러웠던 거다. 나는 희미한 미소를 머금은 채, 그녀에게 다가갔다.

객실에 들어오자마자 나는 그녀를 안고 허겁지겁 옷을 벗겼다. 그녀는 내 거친 손길을 조금도 마다하지 않았다. 브라를 들어 올려 유두를 찾아 입에 넣었다. 벽에 기댄 그녀는 몸을 비틀며 내 목에 팔을 감았다. 우리는 한참을 입술을 부비며 서로에게 스며들었다. 오랜 회한 같은 것이 스르르 녹아내리는 것 같았다. 영덕의 모텔에서 한잠도 자지 못하고 벽에 귀를 붙인 채, 엿들어야 했던 그녀의 숨소리를 바로 내 앞에서 듣게 되는구나. 석이를 향한 복수심도 맹렬하게 타올랐다. 송희의 몸을 무수하게 탐했을 녀석의 흔적을 내가 다 지워버리겠다는 졸렬한 마음도 끼어들었다. 팬티 속으로 손을 넣으려 하자 그녀는 잠시 움찔했지만 거부하지 않았다. 손을 살짝 갖다 댔을 뿐인데도 벌써 물컹한 감촉이 느껴졌다.

모든 결합은 분리를 전제로 하듯 그녀의 몸에서 떨어져 나오자 이상한 낭패감 같은 것이 마음속에 고여 들었다. 그러나 그녀가 승호야, 라며 내 겨드랑이 사이를 파고들자, 언제 그랬냐는 듯이 말 짱해졌다.

"오랜만이다. 정말."

내가 그녀의 귓불을 만지작거리며 말했다.

"부인이랑 안 해?"

그녀가 나를 올려다보며 말했다.

"안 한 지 오래됐어. 나에 대해 모르는 게 많지? 모르는 게 좋겠 지만."

내가 한숨을 쉬었다.

"너도 그렇잖아. 다 알면 서로 힘들지. 오늘 좋았어."

이렇게 말하며 그녀는 알몸으로 욕실 안으로 들어갔다.

그녀는 집으로 돌아갈 이유가 없는 것 같았다. 석이는 오늘 밤도 들어오지 않을 것이고. 잠결에 옆자리를 더듬자 그녀의 더운 몸이 만져졌다. 이렇게 여자와 나란히 누워본 게 얼마 만인가. 기껍고 뿌듯했다. 아바이마을 주물럭집 아줌마를 주무르면서 아버지도 이렇게 흔열했을 거다. 아버지는 거기서 고향 여자의 냄새를 맡았 을 거다. 나는 잠든 그녀의 다리 밑으로 들어가, 수액을 빨아먹는 벌레처럼 그녀의 샅에 코를 박았다. 잠에서 깨어난 그녀는 더 넓게

다리를 벌리며 희미한 신음을 내뱉었다.

　나도 이제 슬슬 몸이 노곤해진다.
　"겸아, 이제 그만 나갈까? 탕에 더 있으면 지쳐서 안 돼!"
　어린아이 달래듯 살살 말해보지만, 겸이는 들은 척도 하지 않고 맥퀸 자동차를 거품 속에 담갔다 뺐다 하는 데 여념이 없다.
　"맥퀸이 잠수함이 됐어요, 아빠."
　"그래, 변신이네.「신기한 스쿨버스」같네?"
　내가 장단을 맞춰준다.

　내가 학교에 내려와 있는 주중에는 이틀이 멀다 하고 송희를 만났다. 연애하는 기분이 들기도 하고, 불륜의 스릴이 느껴지기도 했다. 그녀와 나는 구름 속을 유영하듯 점점 현실을 잊어버렸다. 한번은 그녀가 연락도 없이 학교에 찾아온 적이 있었다. 다행히도 공강 시간이어서 연구실로 오라고 했다. 아무래도 방에서 기다리는 것이 그녀에 대한 배려가 아닌 듯하여 문과대학 일 층 로비에서 그녀를 기다렸다. 지나가는 아이들이 연신 하는 인사를 건성으로 받으며 현관 쪽만을 바라보았다. 학생들 사이로 보이는 그녀의 손에는 두 개의 테이크아웃 커피가 캐리어에 담겨 있었다. 그녀는 부러 큰 소리로 교수님, 이라고 부르면서 나에게 다가왔다. 그러면서 내 앞에서는 잘했지, 하는 표정으로 환하게 웃었다. 저런 당당함과 도발적인 에너지가 젊은 시절 나를 미치게 했더랬다.

언구실에 들어오자마자 그녀는 내 방을 둘러보았다.

"너무 썰렁해! 책도 없고."

"집이 너무 멀어서, 한꺼번에 이사를 하기가 어렵더라고."

집에 있는 책이 짐스러워 학교에 좀 옮겨놓고 싶어도, 이사 비용이 만만치 않아서 차일피일 미루고 있던 참이었다. 그리고 언제 갑자기 그만두게 된다면 그때 다시 짐이 될 수도 있겠다 싶었다. 물론 돈만 있으면 연구실 하나쯤 그럴듯하게 꾸밀 수 있지만 말이다.

"이건 노트북이군. 김 작가의 멋진 글이 다 이 안에 있겠군요?"

그녀가 자꾸 얄밉게 빈정거렸다.

"왜 그래? 이리로 와서 커피나 마셔."

내가 퉁명스럽게 말을 뱉었다.

"왜, 삐짐? 근데, 학교에 오니까 좋다. 대학생이 된 기분이야."

그녀가 등 뒤에서 팔로 내 목을 감싸며 말했다. 고개를 돌리자 그녀와의 거리는 일 센티도 되지 않았다. 나는 그대로 그녀의 입술에 입을 맞췄다. 연구실이라고 생각하니 더 흥분되었다. 혀가 뒤엉키고 몸이 밀착되어 서로의 몸을 쓰다듬었다. 나도 모르게 치마를 들추고 팬티 속에 손을 넣자, 그녀가 내 귀에 대고 이렇게 말했다. 여기서 그냥 할까?

"겸아, 이제 나가자니까. 더 있으면 안 돼."

아이는 맞은편에 앉아 꿈쩍도 하지 않는다.

"겸아, 겸아……."

아이에게 다가가 얼굴을 보니 이미 눈동자가 뒤로 넘어가고 있다. 아, 또 시작이구나. 이 몹쓸 발작이 또 일어나는구나. 나는 뻣뻣해진 아이를 들쳐 업고 밖으로 나가 침대 위에 눕힌다. 기도가 막히지 않게 고개를 뒤로 젖혀준다. 가슴이 덜덜 떨리고, 얼굴이 화끈거린다. 생각해보니, 호텔 예약에 정신이 팔려 생수를 사놓고도 아이에게 저녁 약을 먹이지 못했구나. 아빠의 불찰이 아이에게 또 고통을 주고 마는구나.

잠시 후 아이의 눈동자가 제자리로 돌아오고 굳은 몸이 풀린다.

"겸아, 괜찮아?"

아이는 아무 말도 하지 못한다. 잠시 그대로 두기로 한다. 소아 간질이 왜 발생하는지 그 원인은 의사도 모른다. 그저 약물 치료로 경기를 제어하는 게 우선이라니까 그런 줄 알고 먹이고 있지만, 한 번 약을 걸렀다고 바로 쇼크가 온다는 것은 너무하지 않은가. 빌어 먹을 놈의 탕욕! 스스로에 대한 짜증과 원망이 기어이 눈물로 비집고 나온다. 아, 지랄 같은 생이구나. 어서, 끝을 봐야 하는데. 차라리 아이를 물속에 두고, 나도 거기에 머리를 처박고 죽어버리는 건데. 그냥 그렇게 가게 내버려두고, 나도 따라갈걸.

"아빠, 머리 아파요."

아이가 평소와 다르게 여린 목소리로 말한다. 늘 아이는 경기를 한 다음엔 두통을 호소한다. 아이를 끌어안고 이불을 덥고 눕는다. 부자가 알몸으로 이불을 덥고 있는 상황이 이상하지만, 아이를 안정시켜야 하기 때문에 경황이 없다.

"겸이, 왜 그랬어요? 왜 자꾸 그래요?"

아이도 자신에게 이런 일이 왜 계속 생기는지 답답한 모양이다. 낸들 알겠니? 아빠도 그걸 알고 싶단다. 지지리도 박복한 부모 밑에서 태어난 네가 무슨 죄가 있다고, 어느 악랄한 신이 너를 통해 고통을 시험하는지 원망스러울 뿐이다. 저세상으로 간 내 부모의 영(靈)은, 그 잘난 신에게, 우리 아들 좀 그만 괴롭히라고 왜 간(諫)하지 못하나. 그럴만한 주제가 아닌 모양이시다. 이런 부질없는 생각이 이어진다.

아이는 내 품 안에서 잠들어버린다. 차라리 한잠 자고 나면 개운해질지 모른다. 진동이 울린다. 테이블 위에 놓여 있는 핸드폰에서 나는 소리다. 겸이가 내 목을 끌어안고 있어, 깊은 잠에 들기 전까지는 아이 옆을 떠날 수 없다. 진동이 집요하게 울린다. 끊어졌다가도 다시 끝까지 울린다. 급한 용무가 있는 모양이다. 대여섯 번 진동이 울렸을까. 나는 아이의 손을 풀고, 침대에서 내려와 핸드폰을 집어 든다. 진동은 이미 멎어 있다. 내 핸드폰 주소록에 등록되어 있지 않은 번호다. 부재중 전화가 네 통이나 왔으니 통화 버튼을 누르지 않을 수 없다. 신호음이 울린다. 누군가 전화를 받는다. 익숙한 목소리다.

"김 서방!"

"……."

"김 서방!"

나를 이렇게 부를 사람은 처형, 단 한 사람뿐이다. 뭐라고 얘기할까. 안녕하세요, 라고 할까. 안녕하셨어요, 라고 할까. 잘 지내셨어요, 라고 할까. 오랜만입니다, 라고 할까.

"네."

내 외마디 소리를 듣더니, 처형이 갑자기 울음을 터뜨린다.

"미안해요. 김 서방."

예감이 이상하다. 무슨 일이 생긴 게 분명하다.

"명옥이가, 명옥이가……."

"……."

"죽었어요."

7_ 리베라메

창문이 푸르스름해져 있다. 어린 시절, 배앓이로 간밤에 잠이 깨면 그 검은 밤이 얼마나 고독하고 지루하고 고통스러웠던가. 들리는 것이라곤 탱크 같은 아버지의 코골이 소리와 어머니의 곤한 숨소리뿐이었다. 어서어서 새벽이 오기를, 검은 창문이 어서 파래지기를, 얼마나 빌었던가. 가슴이 답답해온다. 아내와 머물렀던 이곳에 와 있지만, 고통의 시간이 지나면 새벽처럼 다시 만나게 되리라 믿었던 아내는 이제 세상에 없다. 겸이는 아직 아무것도 모른 채 깊은 잠에 빠져 있다. 박명에 흐리게 드러난 아이의 얼굴이 기이할 정도로 평화롭다. 혹시 방 안에 고인 푸른빛 속에 아내의 영이 스며 있는 것은 아닐까. 차가운 손으로 제 피붙이의 더운 얼굴을 쓰다듬고 있는 것은 아닐까.

아무도 오지 않을 장례식장엔 아내의 언니만 덩그러니 앉아 있겠지. 가야 하는 게 아닐까. 아내의 영정이 외롭게 떨고 있는 영안실로, 아내를 만나러 가야 하는 게 아닐까. 내가 다 보듬지 못한 아내의 기막힌 생은 누가 위로할 것인가. 잃어버린 아내를 주검으로 만난다는 게 두렵다. 영문도 모를 겸이를 데리고 아내의 장례식장에 가는 것이 무슨 의미가 있을까. 혼자 있고 싶었던 사람, 쓸쓸히 저 홀로 가게 하는 것도 내 방식의 위로가 되지 않을까. 가지 말자. 곧 만날 텐데, 무엇 때문에 산 자의 애도를 바칠 것인가.

겸이가 몸을 뒤챈다. 이제 곧 잠에서 깨어날 모양이다. 희고 뽀얀 피부가 탐스럽다. 저 귀한 생명을 온전히 책임지지 못하는 것은 무엇 때문일까. 아이가 앓고 있는 병 때문인가, 악순환의 고리 때문인가, 보이지 않는 미래 때문인가, 부모의 나약한 패배 의식 때문인가. 어쩌면 아이는 내 생의 카르마가 만든 비극의 극단이다. 그러자 이상한 살기가 맹렬하게 타오른다.

"아빠!"

메마르고 높은 톤이다. 신경이 바짝 곤두선다. 아침부터 아이는 무엇 때문에 짜증 섞인 목소리로 나를 부르는 것일까.

"겸이, 일어났어?"

나는 얼른 감정을 추스르고 나긋한 목소리로 말한다. 오랜 연습은 습관이 된다.

"밥 먹으러 갈까요?"

일어나자마자 밥을 찾는 아이를 이해하기 어렵다. 겸아, 엄마가 죽었단다. 널 낳고, 온 맘으로 키우다가, 잠시 네 곁을 떠난 엄마가, 이제 다시는 돌아올 수 없는 곳으로 갔다는구나. 아이야, 너에게 중요한 아침밥이, 난 이제 먹기가 싫구나.

"아침은? 아침은? 아침 먹는 거는? 아빠, 말해주세요. 아침은?"

거의 말의 융단폭격이다. 정신이 아찔하다.

"방에서 시켜 먹을 수 있어. 아빠가 전화할게."

나는 안내데스크에 전화를 해서 룸서비스로 아침밥을 주문한다.

"겸아, 아빠가 밥을 안 준다고 한 게 아니잖아. 아침부터 떼를 쓰면 어떡하니?"

하나 마나 한 훈계를 하고야 만다. 그런 말이라도 하지 않으면 속이 뒤집어질 것 같아서다.

"떼 안 쓸래요. 약속 지킬래요. 아빠 약속 지킬 거예요."

"그래, 겸아. 제발 한 번만 얘기해라. 그리고 그 목소리 좀 작게!"

내가 머리를 흔들며 진저리를 친다.

"아빠, 화 풀리세요. 아빠, 화 풀리는 거는? 아빠, 화 풀리는 거는?"

지겹다, 이젠 더 이상 참을 수가 없다. 나는 우악스럽게 아이의 두 손을 잡는다.

"겸아, 이제 그만! 한 번만 똑같은 말 하면, 이제 끝이다! 알았어?"

내가 지을 수 있는 최대한의 무섭고 차가운 표정을 짓는다. 아이는 그제야 약이 바짝 오른 기운을 조금 꺾는다. 이런 식으로 한바탕 전쟁을 치르고 나면, 숨 쉴 기운도 없다.

잠시 후 아침밥이 객실로 배달된다. 나란히 쟁반을 놓고 테이블에 앉는다. 밥, 미역국, 고등어구이, 불고기, 멸치, 시금치, 김치로 이루어진 5찬의 아침 식단이다. 나쁘지 않다. 죽은 아내를 떠올리다가 반찬의 가짓수를 헤아리는 나를 생각한다. 미칠 노릇이다. 생각이 병이다.

“생선 발려주세요.”

아이 쟁반에 놓인 접시를 가져와 살을 모두 발라낸다. 아이가 좋아하는 약간 누른 부분도 어김없이 떼어놓는다.

“가시는?”

“가시 없어.”

“가시 나오면?”

“가시 없다니까!”

언제나 반복되는 질문과 대답이다. 숟가락을 들 힘도 없다. 아내가 죽었다. 아이는 씩씩하게 밥을 먹는다. 아내가 죽었다. 아내와 함께 여기에 왔을 때도 이렇게 나란히 앉아 밥을 먹었다. 한 치 앞도 내다볼 수 없었던 그때의 행복이, 어이가 없다. 지금 아이에게 하듯, 아내의 쟁반에 놓인 생선도 손수 발려 밥 위에 놓아주었다. 아, 용잡한 사랑 놀음.

어디에 대고 원망을 해야 할지, 그대로 쟁반을 엎어버리고 싶다. 창밖에 보이는 보문호에는 아침 햇살이 맑게 부서지고 있다. 저 환한 대기 위에 내 생의 비극이 흔들린다. 아무것도 모른 채, 아침밥을 먹고 있는 겸이처럼.

한 달 전 아침에도 그랬다. 아무 일도 없다는 듯이 맑은 햇발이 쏟아지던 날이었다. 흔히 집달리라고 말하는 법원 집행관들이 들이닥쳤다. 그들은 우선 아이를 방에 들어가라고 말하고는, 텔레비전, 냉장고, 세탁기, 피아노, 컴퓨터, 내 작업 도구인 노트북, 심지어 책장에 꽂혀 있는 책에 이르기까지 압류물표목을 붙였다. 방에 들어가라고 해서 들어갈 아이가 아니었다. 그들의 일은 십 분도 채 걸리지 않았다. 아이는 이 모든 것을 보고 있었다.

"아저씨 여기에도 붙여주세요. 으하핫."

아이는 자신의 맥퀸 자동차를 내밀며 기괴한 웃음을 터뜨렸다. 집행관들은 잠시 어리둥절해하며 멈칫했고, 아이를 방치하는 나를 의아한 눈빛으로 바라보았다. 나는 아무 말도 할 수 없었다.

너무 가진 것 없이 출발한 결혼이 원죄였다. 아내는 임신 칠 개월 이후 일을 접었다. 나는 점점 출강하는 대학이 많아지면서 사교육이라는 수입원을 포기할 수밖에 없었다. 아이 때문에 병원과 각종 치료 시설에 매달 내야 하는 돈도 만만치 않았다. 아내는 모두 다섯 개의 카드를 돌렸다. 전임교수가 되었다고 해도 매달 이백만 원도 안 되는 돈이 통장에 들어오니, 이건 강사 때보다 더 힘들 수밖에 없었다. 내가 학교서 먹고 자는 돈만 해도 만만치 않았다. 생활비는 물론 아이 병원비, 약값, 교육비를 모두 카드로 지출할 수밖에 없는 처지였다. 카드 연체 금액은 눈덩이처럼 불어났다. 사천만 원의 연체금이 칠천만 원이 되는 데는 채 이 년도 걸리지 않았다.

"아빠, 이게 뭐예요?"라며 아이가 텔레비전에 붙은 압류 딱지를 떼려 할 때, 나는 아이의 손을 억세게 잡았다.

"이제 이 물건들은 우리가 쓸 수 없어."

아이는 이해하지 못했다. 자동차도, 이 집도 더 이상 우리 것이 아니다. 아파트 월세 보증금도 밀린 임대료와 공과금을 제하고 채권자에게 넘어갔다. 현금 서비스 인출로 카드 결제금을 더 이상 막을 수 없게 되자, 아내는 짐을 쌌다. 나는 그럼에도 아내가 자기 살길을 찾아갔다고는 생각하지 않았다. 아내의 무책임에 절망했지만, 원망하지는 않았다. 나 역시 가정을 책임지지 못했으니까. 이유야 어떻든 결국 아이는 도우미 아줌마의 손에 맡길 수밖에 없었다. 도우미는 하루 여덟 시간 일하는 조건으로 한 달에 팔십만 원을 주었는데, 누구도 아이에게서 한 달 이상을 버티지 못했다. 자유방임으로 풀어놓고 시간만 때우다 간다고 생각하고 왔는지 모르지만, 막상 아이와 함께 지내보고 나서는 모두 고개를 절레절

레 흔들었다. 젊은 축에 드는 한 도우미 아줌마는 아이와 손톱을 세우고 서로 싸운 일도 있었다. 도우미는 어디까지나 정당방위였고 자신이 훨씬 많이 다쳤으니, 법대로 하려면 하라고 오히려 큰소리를 쳤다.

신용 불량자의 멍에를 벗는 대신, 나는 철저하게 빈털터리가 되었다. 아이의 병원 치료비와 약값을 제외하고 모든 것을 끊을 수밖에 없었다. 집이 날아가자 아이를 학교 근처로 데리고 왔고, 여기서도 낮 시간에는 도우미를 붙여놓아야 했다. 쥐꼬리만 한 월급의 절반 정도가 도우미 비용으로 나갔지만, 아이와 함께 있을 수 있는 월세 단칸방과 장기 할부로 마련한 중고 경차로 생활은 겨우겨우 이어지고 있었다. 아이는 하루 종일 도우미 아줌마에게 온갖 떼를 쓰는 모양이었다. 그저 사고만 나지 않도록 아이 곁에 있어주기만 해도 다행이었다. 아이 밥만 챙겨주고 혼자 놀게 방치해두다가 시간만 때우고 가버린다고 해도, 그런 이유로 사람을 바꿀 수는 없었다. 어차피 부모가 아닌 이상 그 사람이 그 사람이었다. 강의가 끝나면 곧바로 아이에게 달려갔다. 도우미를 만날 수 있는 날은 많지 않았다. 오후 다섯 시에서 오 분이라도 지나면, 이미 집에 있지 않았다. 아이는 텅 빈 방 안에서 말라붙은 김치 국물을 입가에 묻힌 채 뒹굴고 있었다. 엄마의 빈자리는 어느 누구도 채워줄 수 없었다. 아이도 없고 특별한 부업도 하지 않는 송희에게 아이를 맡겨볼까 생각해보았지만, 아무래도 위험한 일 같았다. 석이가 그 사실을 알게 되어도 그렇고, 내 아내의 입장에서도 탐탁지 않은 일일 테니까. 그리고 무엇보다도 송희에게 내 아이의 문제를 알리고 싶지 않았다.

아이는 미역국을 한 방울도 남기지 않고 밥을 싹싹 비운다. 내 밥은 제삿밥처럼 한 귀퉁이만 베어져 나갔을 뿐 그대로다. 살짝 열어놓았던 창문 틈으로 바람이 세차게 밀려든다. 커튼이 펄럭이고 테이블 위의 있던 휴지가 바닥에 나뒹군다. 저 바람 속에 아내의 영이 깃들어 내게 화를 내고 있는 것인지도 모른다. 봄바람치고는 차고 맵다. 이제, 가시게. 고생 많이 했으니, 내게서 떠나 어서 가시게. 나도 겸이도 곧 가겠지만, 거기서는 우리 다시 만나지 말기로 하세.

문득 생각이 난다. 어느 날 아침, 아내가 화장실에서 버럭 화를 내며 나왔다. 나는 현관에서 구두를 신고 막 문을 열고 나가려던 순간이었다.

"넌, 이러면 좋니?"

아내에게서 너, 라는 말이 나오면 일단 심상치 않다는 얘기였다.

"왜에?"

내가 의아한 표정으로 물었다.

"저기 소설 뭐야?"

나는 그제야 아차 싶었다. 아내가 화장실 한쪽 벽에 꽂혀 있던 문예지를 본 것이다. 거기엔 나의 신작 단편소설이 실려 있었다. 내가 아무 말이 없자 아내가 다시 말을 이었다.

"이런 거 쓰지 말라고 했잖아. 나를 이렇게 개떡으로 만들면 넌 좋니?"

픽션이라기보다는 논픽션으로 읽을 수밖에 없는 글이지만, 나 역시도 우리의 현실이 너무도 상징적이어서 쓸 수밖에 없었고, 글 쟁이가 할 수 있는 치유의 방식이란 게 고작 그런 게 전부였다고 말하고 싶었지만, 나는 실어증에 걸린 사람처럼 멍해져 있었다.

"이런 거 소설이라고 쓸 거면 당장 때려치워!"

아내는 안방으로 들어가 방문을 걸어 잠갔다. 그로부터 일주일 동안 식탁에서 아침밥이 사라졌고, 아내의 침묵은 그보다 더 오래 갔다.

"쪽팔리는 줄 알아야지!"

아내의 이 말은, 글을 쓸 때마다 언제나 내 귓가에서 웽웽거렸다.

빨리 호텔을 빠져나가고 싶다. 아이에게 아침 약을 먹이고, 아이 눈에 매달린 눈곱을 떼어낸다. 세수를 하라고 말할 힘도 없다. 아이는 무엇이 좋은지 요란하게 웃으며 바지를 갈아입는 중이다. 바지 속에 다리를 넣으려 하지만, 웃음보가 터져 자꾸 비틀거린다.

"그렇게 웃으니까 옷을 못 입지?"

내가 부러 큰 소리를 지른다.

"아빠가 입혀주세요."

어리광을 부리며 아이가 말한다.

"네가 다섯 살 먹은 어린애야?"

늘 반복되는 대화다. 이젠 지겹다.

"겸이는 몇 살이에요?"

회화 테이프처럼 계속 정해진 대로 대화가 이어진다.

"그만하고 옷 입어!"

내가 단호하게 말하며 맥을 끊으려 한다.

"겸이는 몇 살이에요?"

"그만하래도!"

"몇 살이에요?"

"몰라서 물어?"

"몰라서 물어요."

혀를 빼물고 싶다. 이런 식으로 살아온 게 몇 년인가. 아침부터 맥이 탁 풀린다. 바닥에 주저앉는다. 이런 식으로 아이에게 시달릴 때면, 베란다에서 뛰어내리고 싶다고 아내는 입버릇처럼 말했다. 그리고 덧붙였지. 넌 아침에 나가면 끝이 아니냐고. 우리 집에서 상연되는 부조리극의 한 장면이 늘 따라다니며 나를 들볶았다고 말하면, 이제 믿어주겠는지. 병원에서 상태가 더 안 좋은 어린 환자들을 바라보며, 그나마 말하고 읽고 쓸 줄 아는 우리 아이가 백 배 더 낫지 않느냐고 위안을 삼았지만, 그거야말로 부질없는 생각이 아니었는지. 우리는 언제나 상황을 주관적으로 받아들이지, 객관적으로 수용하는 게 아니기 때문이다. 남이 다리가 부러졌더라도 내 손톱 밑에 가시가 더 아픈 법이니까.

"겸이 몇 살이에요?"

아이는 정말 집요하다.

"열한 살이다, 열한 살."

내가 억지스러운 말투로 말한다.

"여얼하안사알. 아핫하하하."

이 괴상한 웃음의 의미는 무엇인가. 아빠가 이제 자신의 떼쓰기에 항복했다는 표시로 받아들이는 건가. 아니면 또 맥퀸이 웃으라고 한 건가.

아래층으로 내려와 체크아웃을 하고, 아이의 손을 붙잡고 주차장으로 간다.

"주차장엔 왜 차가 많아요?"

"……."

"아빠, 말해주세요."

아이는 상황이 안 좋을수록 이치에 닿지 않는 말로 사람을 괴롭힌다. 이건 달리 생각하면 아이가 스트레스를 받고 있다는 뜻이다. 아빠가 기분이 안 좋으니까 위로는 해줄 수 없고 일단 그 상황이 짜증 나니까 떼를 써보는 것이다. 그것을 통해 곧 자신에 대한 관심과 사랑을 재확인하려고 하는 건지도 모른다. 알면서도 그 상황이 되면 윽박지르는 것이 먼저고 그다음엔 손이 올라가고 그렇지 않으면 회초리를 들게 된다. 그 상처는 지금 아이의 가슴속에 가라앉아 있을 것이다.

"아빠, 말해주세요."

이제 도저히 참을 수가 없다. 나는 아이의 목덜미를 움켜쥔다.

"너, 죽을래?"

내가 험악한 표정을 지으니까 아이는 일단 몸을 사린다.

"아빠, 이거 놓으세요. 이거 놓으세요. 이거 놓으……."

내가 더 세게 틀어쥐니 아이는 숨이 막혀 아무 말도 하지 못한다.

"지금 네 어미가 죽었단 말이다. 이 병신 새끼야."

내가 손아귀를 풀며 말했다. 아이가 잠시 멈칫하더니 다시 말을 이었다.

"아빠, 왜 겸이 아프게 했어요?"

"……."

"왜요, 왜요, 왜요?"

"겸아, 차 타라. 미안해."

아이가 웬일인지 순순히 차문을 연다.

차에 시동을 걸고 호텔 주차장을 빠져나가려는 순간 아이가 말한다.

"엄마, 죽었어!"

나는 머리를 한 대 얻어맞은 듯 정신이 아찔하다. 아이가 내 말을 듣고 있었구나.

"맞아요?"

아이가 재우쳐 묻는다. 나는 아무 말도 하지 못한다.

"맞아요? 아빠, 말해주세요."

아이도 궁금한 거다. 떼를 쓰는 것이 아니라 정말 엄마의 생사를 알고 싶어 하는 거다.

"아니, 아니야. 부산에 있어, 부산. 지금 가고 있잖……."

아이가 죽음의 의미를 어떻게 이해하고 있는지는 몰라도 일단은 거짓말을 선택한다. 말끝에 목이 메는 걸 겨우 참는다. 자신이 관심이 있는 데에는 비상하게 예민한 아이니까.

"엄마, 안 죽었지요? 말해주세요."

확답을 듣고야 말겠다는 뜻이다.

"응. 안 죽었어. 안 죽었다니까."

한껏 과장된 목소리로 말하고는 아이의 표정을 살핀다. 아이는 이제야 안심이 된다는 듯 맥퀸 자동차를 차창으로 가져간다.

보문단지를 빠져나오자 출근길을 서두르는 사람들과 학교로 향하는 아이들이 눈에 들어온다. 노란색 유치원 버스가 서자, 엄마는 아이를 차에 태우고, 자신이 지을 수 있는 가장 예쁜 미소를 짓는다. 신호등에 불이 들어오자 초등학생들이 일제히 횡단보도를 건넌다. 녹색어머니라 불리는 엄마들이 노란 조끼를 입고 깃발을 들고 서 있다. 아내도 아이가 학교에 다닐 때에는 매일 저 일을 했다. 눈비가 내리는 날도 어김없이 아내는 신호등 앞에 서 있었다. 겸이를 생각한다면 이런 거라도 봉사를 해야 한다면서 말이다.

초등학교 1학년에 들어간 아이는, 유치원과는 다른 분위기에 적응하지 못했다. 스스로 모든 것을 지키고 챙기지 않으면 안 되는 곳에서, 아이는 겉돌았고 끝내 방치되었다. 수십, 수백 명 사이에서 이루어지는 집단생활과 교사들의 엄한 훈육과 체벌에 질려 있었다. 어린이집이나 유치원에서도 아이들과 어울리기보다는 교사의 일방적인 보호 속에서 그저 시간만 때우다 오는 게 전부였다. 시간이 지나면 나아지리라 막연히 기대하며 학교에 보냈지만, 아이의 부적응은 날로 정도를 더해갔다. 사회가 부족하거나 뒤늦은 사람을 배려하지 않는 것처럼, 학교도 그와 철저히 닮아 있었다.

아내는 학부모회 같은 모임에서 이런저런 말을 들을 수밖에 없었다. 겸이가 자꾸 우리 애를 꼬집는다고 하네요, 아이가 수업 시간에 자꾸 큰 소리로 웃어서 방해가 된다는데, 겸이가 어디가 많이 안 좋은가 봐요, 이런 말들이었다. 아내는 머리를 쥐어뜯었고, 아이에게 그러지 말 것을 눈물로 호소했다. 그러나 사태는 더욱 심각해져만 갔다. 아이가 수업 시간에 자리에서 일어나 돌아다닌다는 것이었다. 교사에게 이런 말을 듣고 아내는 절망했다. 그러나 여기서 포기할 사람이 아니었다. 당장 가구점에 가서 학교 책걸상과 똑같은 것을 구입해서, 집에서도 아이를 거기에 앉혀 공부를 시켰다. 아이에게 일어서지 않고 앉아 있는 연습을 시켜서 학교에 보내겠다는 것이었는데, 아내의 피나는 노력 끝에 아이는 그런대로 의자에 엉덩이를 붙일 수 있게 되었다. 하지만 아이에게 학교는 아무것도 배우는 것 없이, 단순히 정해진 시간만을 버티고 돌아오는 곳일 뿐이었다.

교사는 아이를 특수반에 넣으면 어떻겠냐고 말했지만, 아내는 중증 장애를 앓고 있는 아이들과 한 반이 되면 아이가 무엇을 배우겠냐며, 이제부턴 내가 아이와 함께 학교에서 생활하겠노라고 했다. 수업 시간에는 아이 옆에 앉아 있었고, 수업이 모두 끝나면 아이를 옆에 끼고 도서관에서 봉사를 했다. 아침엔 녹색어머니, 수업 시간엔 도우미 교사, 방과 후에는 사서 노릇을 하는 아내의 일과는 중노동에 가까웠다. 이런 눈물겨운 아내의 노력 덕분에 아이는 그런대로 학교를 다니고 있었다. 엄마가 학교에 있으니, 선생들은 선생대로 고역이었다. 학부모가 와서 앉아 있는데 좋아할 교사가 어디에 있겠는가. 자습을 시킬 수도 없고 마음대로 감정을 드러낼 수도 없으니 말이다. 겸이 어머니가 고생이 많으시네요, 라는 말은 사실 자기네가 힘들다는 뜻이었다.

어쨌든 아이는 아내의 고투 덕분에 2학년으로 올라갔다. 아이는 체육 시간에도 빠지지도 않고 알림장도 잘 써오는 등 겉으로 보면 학교생활에 그런대로 적응하는 모습을 보였다. 아내는 더 이상 수업 시간에 아이 옆에 앉아 있지 않아도 되었지만, 아이를 위해 하루 종일 도서관에서 일했다. 아내는, 쉬는 시간을 알리는 종이 울리면 교실로 가서 아이를 살펴보곤 했다. 뒷문으로 엿본 아이는 책상에 엎드려 있거나 혼자 그림을 그리거나 멍하니 앉아 있는 모습이었다고. 그렇다고 아이 옆에 다가가 왜 그러냐고 물을 수도 없어, 남몰래 눈물을 삼켰다고 했다.

가끔씩 내가 강의가 없는 날이면 교문 앞까지 하교하는 아이를

마중 나가곤 했는데, 아이는 무거운 가방을 메고 항상 혼자 터덜터
덜 걸어왔다.

"겸아, 아빠다."

내가 환하게 웃으며 아이에게 다가갔지만, 아이는 늘 시무룩
했다. 밖에서 음료수와 간식을 사주고 아이의 기분을 맞춰주면 그
제야 엷은 웃음기 같은 게 입가에 돌았다.

"학교에서 무슨 공부 했어?"

"수학 공부."

"수학 뭐 배웠는데?"

"곱셈!"

"그렇구나. 곱셈. 겸이 구구단 잘 외우지?"

아이가 시키지도 않은 구구단을 큰 소리로 외웠다. 아이가 아는
모든 것에는 아내의 눈물이 들어 있을 것이었다.

아이가 글을 읽고 쓰고, 숫자들을 더하고 빼고 곱하고 나누는 모
든 것은 피를 토하는 아내의 절규가 만들어낸 학습의 결과다. 그
것이 아이의 정서에 득이 되었든 아니었든 상관없다. 매일 집으로
돌아가면, 아이를 가르치다 지쳐 쓰러져 있는 아내와 잘되지도 않

는 수학 문제집을 놓고 의기소침하게 책상에 앉아 있는 아이가 눈에 들어왔다. 나 역시 이런 집 안에서 한시도 맘 편하게 쉬지도 못한다고 푸념했지만, 자식에 대한 절망을 온몸으로 감당하며 꺼질 듯 흔들리는 심지를 돋우는 아내의 싸움만 하겠는가 싶어, 내가 먼저 고개를 숙였다. 늘 자기 좋은 일만 하고 돌아다닌다고 나를 원망했지만, 그 잘난 강의라도 해야 살 수 있고, 항상 못마땅하게 여기지만 자학적인 글이라도 써야 나 자신을 유지할 수 있으니, 날 좀 이해해줘. 넉넉히 벌어 오지는 못해도, 무책임하려고 무책임을 즐기는 건 아니잖아. 명옥아. 응? 기회가 있을 때마다 이런 식으로 내 마음을 전했지만, 아내는 내 상황을 조금도 용납하지 않았다. 이렇게 살고 있는 것 자체가 감내이고 희생임을 몰라서 하는 말이냐고, 상황이 이렇게 괴로운데 항상 나에게만 일방적으로 이해를 강요하느냐고 악을 썼다. 그렇게 이해받고 싶으면 당신 누나한테 가서 엄살을 부리든지 하라고 힐난했다. 아내에게 나는 독(毒)이었다.

아이의 2학년 2학기 생활이 시작되고, 한 달쯤 지났을 때였다. 아내는 방학 동안 쉬었던 녹색어머니와 도서관 사서 일을 계속했다. 아홉 시부터 시작된 전공 강의 두 시간을 마치고 연구실로 돌아왔을 때, 아내에게 전화가 왔다. 점심에 송희가 학교에 놀러 온다고 해서 그녀의 전화를 기다리고 있던 참이었다. 아내는 꺼억 꺼억 흐느끼고 있었다.

"오빠, 빨리 와. 겸이가……."

나는 심장이 덜컹 내려앉았다.

"왜? 무슨 일이야?"

아내는 말을 잇지 못하고, 계속 울음소리만 수화기를 타 넘었다.

"겸이가 몰매를 맞……."

"아이는 어때?"

아무 말 없이 전화는 맥없이 끊겼다.

나는 차를 몰고 중부고속도로를 내달렸다. 그사이, 핸드폰이 계속 울렸다. 송희였다. 나는 전화를 받을 수가 없었다.

학교엔 아무도 없을 것 같아 일단은 집으로 가기로 했다. 집에는 예상대로 아내와 아이가 있었다. 아이는 침대에 누워 있었고, 아내는 옆에서 슬픔과 원망이 가득한 얼굴로 나를 바라보았다. 아이는 겉으로 봐서는 괜찮은 것 같았다.

"겸아, 괜찮아?"

아이는 대답도 없이 어린 강아지처럼 눈만 끔벅거렸다. 나도 모르게 눈물이 핑 돌았다.

"대체 어떤 놈들이야?"

아내가 다시 침대에 얼굴을 묻고 울음을 터뜨렸다.

2학년 교실은 6학년과 같은 층에 배정되어 있었다. 처음에 아내도 그게 이상했는데, 문제는 거기에 있었다. 쉬는 시간에 아이가 화장실에 가기 위해 복도를 지나가는데, 6학년 남자 아이 한 명과 어깨를 부딪쳤다고 했다. 그러자 6학년 아이는 까마득한 동생이 사과도 하지 않고 웃으면서 지나가기에 거기서부터 시비가 붙은 것이었다. 물론 겸이는 이런 상황을 이해하지 못하고 있었다. 무슨 일이 일어난 건지, 그들이 원하는 건 무엇인지. 그러자 6학년 남자 아이들이 몰려들었고, 겸이는 복도 끝으로 끌려가 집단 구타를 당한 것이었다. 아이는 그 자리에서 기절했다. 다시 수업 종이 울리고, 2학년 아이들은 겸이를 교실로 옮겨 의자에 앉혔다. 교사는 아이가 또 자는구나 싶어 수업을 계속했다. 수업이 다 끝났는데도 아이가 일어나지 않자, 교사가 다가와보니 겸이의 바지는 푹 젖어 있었고 바닥엔 오줌이 흥건했다고 했다. 간헐적으로 끊기다 다시 이어지는 아내의 말을 이어보면 이런 얘기였다. 나는 그대로 차를 몰고 학교로 갔다. 우선 겸이의 반으로 가보기로 했다. 아무도 없었다. 학교 이곳저곳을 허둥대며 돌아다니다가 겨우 교무실을 찾아가니 담임교사는 거기에 있었다. 내가 겸이 아버지라는 사실을 밝히자 담임은 깜짝 놀라며, 나를 상담실이라고 쓰인 방으로 데리고 갔다.

"겸이 아버님, 죄송하게 됐습니다."

"죄송이고 뭐고, 가해자가 6학년이라고 하는데 그 녀석들이 누군지 아십니까?"

담임은 내가 강하게 나오자 잠시 멈칫했다.

"아직……."

"사건이 발생하면 폭행 가담자가 누군지, 그 정도는 파악해야 하는 거 아닙니까? 6학년 선생은 어디 있어요?"

"아버님, 흥분을 좀 가라앉히시고."

교사가 핸드폰으로 어딘가 전화를 걸었고, 잠시 후 대학생처럼 보이는 남자가 상담실로 들어왔다.

"제가 6학년 2반 담임교사입니다."

내가 아무 말이 없자 그가 다시 말을 이었다.

"죄송하게 됐습니다."

"사과는 이미 들었고, 누가 그랬는지는 알아야 하지 않겠어요?"

"아이들이 서로 숨기고 말을 안 하는 바람에, 저도 알아내지는 못했……."

"아니, 그게 말이 돼요? 선생님 아이가 학교에서 그런 일을 당했어도 이런 식으로 할 거예요?"

나는 그 순간 교장실로 바로 쳐들어갔어야만 했다. 왜 그러지 못했을까. 나는 더 이상 할 말을 잃어버렸다.

"누가 그랬는지 반드시 밝혀내고 알려주세요. 처벌을 해야겠다는 게 아닙니다. 아이들끼리 뭐 그럴 수도 있죠."

나는 하지 말아야 할 말까지 늘어놓았다. 겸이의 담임교사와 6학년 교사에게 각각 명함을 한 장씩 내밀었다.

"꼭 연락 주십시오."

그러자 그들은 어색하게 고개를 숙였고, 나는 점잖게 상담실 문을 열었다. 뒤를 돌아보았을 때 그들은 내 명함에 고개를 박고 있었다. 무슨 의미였을까. 처음 들어보는 대학이군, 이런 반응이었나.

다음 날 아내는 아이를 학교에 보내지 않았다. 집을 나서는 나에게도 언제나처럼 인사도 없었다. 나는 여전히 학교에서 강의를 했고, 오후가 되었을 때 집으로 전화를 해보았다. 아내는 집에 혼자 있기 싫다는 아이를 억지로 떼어놓고 학교에 갔다. 그리고 담임교사에게 이런 말을 들었다고 했다. 6학년 남학생 네다섯 명이 가담했고, 그중 누군가 배를 한 대 때리니까 아이가 풀썩 쓰러져 기절해버렸다. 그냥 겁만 주려고 했는데, 아이가 그러니까 6학년 아이들도 겁을 먹고 우르르 도망갔다. 그 옆에 서 있기만 한 아이들까지도 모두 가해자라고 할 수도 없어서, 담임교사가 종례 시간에 앞으로 그런 일이 일어나지 않도록 각별히 주의를 주었다.

아이는 기절을 했고 마른 바지에 오줌을 쌌다. 이런 일이 일어나고도 누구 하나 책임을 지는 사람도 없고, 더욱이 누가 우리 아이를 때렸는지도 알 수 없다는 것을 이해할 수 없었다. 6학년 선생은 분명히 자기 반 아이들을 감싸고 있었고, 아이의 담임도 그에 동조하는 것 같았다. 문제가 더 커져봤자 좋을 것 같지도 않을 테니. 교장실, 아니 교육청에 항의를 하고 폭력 사건을 이런 식으로 덮어두고 지나갈 수는 없다고 난리를 치고 싶었지만, 그래도 아이가 계속해서 학교에 나가야 한다면 이쯤에서 접어야 하지 않을까 싶기도 했다. 거기서 마음이 약해진 것이 탈이었다.

그 사건이 유야무야 끝나고 아이는 또 예전처럼 학교에 나가 억지로 시간을 버티다가 돌아왔다. 아내는 녹색어머니와 도서관 사서로 학교에서 살았다. 그러던 어느 날 아이가 어떻게 지내나 싶어 수업 중인 교실을 엿보게 되었다. 아이는 책상에 없었다. 겸이는 교사의 자리에서 컴퓨터를 하고 있었다. 아이들은 공부하는데, 우리 아이는 교사 자리에 앉아 컴퓨터게임을 한다? 전체를 위해서는 어쩔 수 없는 일이었겠지만, 내 아이가 이렇게 배제되었다는 사실에 충격을 받지 않을 부모는 없을 것이다. 아내는 다음 날부터 아이를 학교에 보내지 않았다. 대신 내가 내 발로 걸어가 정원 외 관리 대상자 신청서를 작성하고 학교를 그만두었다. 대한민국의 의무교육 제도 아래 겸이가 학교에서 얻은 것은 정원 외로 관리될 수 있는 자격 밖에 없다. 집으로 오는 길에 자꾸 눈물이 났다. 친구들과 재잘재잘 떠들며 책가방을 메고 집으로 돌아가는 평범한 아이들이 마냥 부러웠다. 학교가 뭐라고. 나도 어린 시절에 혼자가 좋았어. 괜찮아. 그게 뭐 대수라고. 그러나 맑은 가을볕이 내리쪼이는 오후의 막막함은 혼자서 감당하기 어려웠다. 겸아, 미안하다. 이 못난 아빠가 널 부족하게 낳았구나. 겸아, 미안해, 미안해.

8_ 밤으로의 긴 여로

경주에서 여기까지 어떻게 왔는지 모르겠다. 주위에 아무것도 눈에 들어오지 않았다. 산야를 달리든, 터널을 지나든, 내 눈앞엔 아내의 얼굴만 어른거렸다. 고향에서 만난 것도 아니고, 서로 대학 시절을 다 보내고, 신산한 서울살이를 견디고 있을 때 만난 인연이다. 우린 만나지 말았어야 했다. 어둠과 어둠이 만나면 더 짙은 어둠이 된다는 사실을 그땐 왜 몰랐을까. 너와 나, 서로를 위로했다 하지만, 그것은 스스로가 뚜벅뚜벅 걸어 들어간 지옥문 같은 거야. 네가 꿈꾸었던 삶은 이게 아니었잖아. 나도 그건 마찬가지지. 누가 결혼을 한다면 따라다니면서 말리겠다는 말을 입버릇처럼 했던 너였지만, 그때마다 나는 얼마나 가슴이 아팠는지 아니. 자신의 여자가 된 사람이, 행복하다 말하지 않더라도, 내가 널 만나서 인생 망쳤다, 내가 죽지 못해 산다, 이런 말을 하면, 난 어디서 안식을 찾아야 하겠니. 육신의 고통을 벗으니 이제 좀 편한가. 아니면 아쉬운 게 많은가. 겸이를 생각하면서 지금 허공에서 울고 있는 건 아닌가. 그래도 사랑했네. 그리고 미안했네. 온전히 고통을 나누지 못해서. 능력 없는 남편 만나서 고생 많았네. 못난 아들 때문에 피 마르는 시간 보낸 것, 모두 내 모자람 때문이었네. 내 자폐적인 기질이 아이에게 더 큰 유전자로 전해졌나 봐. 혼령이 되면, 그대가 알지 못했던 지난 시간도 훤히 보이는지. 고백해야겠어, 이제야. 내겐 첫사랑이었던 한 여인을 다시 만났고, 거기서 세속적인 위안을 찾기도 했었네. 당신이 아이와 함께 피를 토하는 시간에도 나는 다른 여인을 만나 세월을 잠시 잊기도 했다네. 용서해주게. 우리 하늘에도, 다음 생에서도 다시는 만나지 말기로 해. 우린 만나면 어둠, 어둠뿐인 인연이었네.

자꾸 눈물이 났고, 그때마다 갓길에 멈춰서 핸들을 부여잡고 숨 죽여 울었다. 겸이는 점심을 먹은 이후로, 계속 심드렁하니 아무것에도 관심이 없다. 이제 다시 오늘이 지고, 거리엔 가로등이 들어

오고, 사람들은 모두 자신들의 안식처로 돌아가겠지만, 우리 두 부자는 갈 데가 없다. 차라리 아이가 떼라도 써주었으면, 웃음보라도 터뜨려주었으면 싶지만, 오늘따라 아이는 시무룩하기만 하다. 하루 종일 마음속으로 조문을 외듯 아내를 생각했기에, 아이에게도 나의 침묵이 완강하게 느껴졌나 보다.

대학 때, 울산이 고향인 친구를 따라 그의 집에 놀러갔던 기억이 난다. 그의 집은 달동에서 모텔을 하고 있었다. 일 층은 살림집으로 쓰고, 이 층에서 칠 층까지를 모두 객실로 쓰고 있었다. 다음 날 영화를 보기 위해 집을 나설 때, 그의 누나는 자신의 신용카드를 친구에게 주면서 잘 놀다 오라고 말했다. 그녀는 나에게도 미소를 잊지 않았다. 나는 아직도 그 장면을 잊을 수가 없다. 그녀의 몸에 밴 배려와 친절은 고단한 생을 살아온 자에게선 느낄 수 없는 여유 그 자체였다. 아바이마을 출신인 나로서는 감히 상상할 수 없는, 신용카드를 건네는 관능에 가까운 저 우아한 손. 삶의 여유란 이런 것이란 듯이, 태화강변의 알싸한 초겨울 공기를 마시며 시내로 나와, 우리는 캐빈 코스트너가 나오는 「늑대와 춤을」이라는 영화를 보았다. 나는 아메리카 인디언 수우 족의 삶의 터전이 내 고향인 듯 마음이 아렸다.

여느 날과 마찬가지로 아이에게 밥을 먹일 곳을 찾는다. 아내는 돌아올 수 없는 곳으로 떠났지만, 산목숨은 먹어야 하니까. 금요일 저녁이라 도로가 막힌다. 길거리의 카페와 술집엔 벌써 사람들이 왁자하다. 저들의 틈 속에 있다면 지금 난 행복할까. 일상을 사는 사람은 그에게 맡겨진 나날들이 지루하겠지만, 허방다리를 짚어 본 사람은 하루하루가 얼마나 많은 위기의 확률 속에서 얻어진 희박한 순간인지를 비로소 알게 된다. 생의 토대는 우리가 믿는 것만큼 튼튼하지 못하다.

하루 종일 풀이 죽어 있는 겸이의 모습이 보기 안쓰럽다. 웃고 중얼거리고 떼쓰는 아이의 모습은 오늘따라 온데간데없다.

"겸아, 오늘 기분 안 좋아?"

아이는 고개를 잘래잘래 흔든다.

"저녁 뭐 먹을까?"

물으나 마나 한 것을 계속 묻고 있다.

"돈가스!"

아이가 반사적으로 대답한다. 이럴 때 아이가 대답할 수 있는 선

택지는 그리 많지 않다.

"정말 먹고 싶어?"

"네!"

허름한 분식점 앞에 차를 세운다. 아이가 먹고 싶다는 돈가스를 사주기 위해 패밀리레스토랑 같은 곳에 갈 수는 없다. 거긴 부모와 자녀로 이루어진 가정이라는 울타리가 존재하는 사람에게만 출입이 허용된 공간이기 때문이다. 엄마도 없이 아빠와 아들이 초라하게 접시를 맞대고 앉을 수 있는 데가 아니란 말이다.

분식점에 들어서자, 온갖 음식 냄새에 절은 쾨쾨한 공기가 훅 끼쳐 온다. 자리에 앉자 종업원이 주문서를 가져온다. 나는 거기에 돈가스 하나와 김밥 한 줄을 표시한다. 한 가지만 주문하면 눈치가 보일 것 같아 먹고 싶지도 않은 내 몫의 음식까지 시킨다. 고등학생으로 보이는 남학생들이 한 테이블을 차지하고 있고, 그 옆엔 초등학생으로 보이는 아들과 단둘이 김밥을 먹는 엄마도 보인다. 고등학생들은 쟁반 떡볶이와 라면을 시켜 허겁지겁 먹는 중이다. 어린 아들에게 밥을 지어주지 않고 분식점에서 김밥을 사주는 엄마는 대체 무슨 사연이 있는 걸까. 남편의 폭력을 피해 아들과 피신한 건가. 이런 상황이라면 남편은 술만 마시면 손찌검을 일삼는 알

코올중독자여야 한다. 아니면 이혼녀인가. 이럴 경우 남편은 양육비조차 제대로 보내주지 않는 파렴치한이어야 한다. 모자의 모습이 애처롭게 느껴진다. 금요일 저녁 분식점에 앉아 있는 우리 부자도 남들이 보기에 처량하긴 마찬가지일 거다.

겸이에게 물 한 컵을 따라주고, 나도 물을 한 잔 받아놓는다. 식당에 가면 특별히 마실 이유도 없지만 물을 따르는 게 습관이 돼서일 것이다. 아이가 물컵을 잡다가 그만 놓쳐버린다. 물은 그대로 식탁 위에 질펀하게 흐르고 이제 바닥으로 뚝뚝 떨어지고 있다. 아이는 순간 의기소침한 표정을 지으며 휴지를 한 장 뽑아 테이블 위에 놓는다. 어림도 없는 짓이다. 나는 휴지를 더 뽑아 물로 흥건해진 식탁을 닦는다. 그러자 홀서빙을 하는 아줌마가 다가와 행주로 물기를 닦아낸다. 그리고 한마디 덧붙인다.

"휴지를 이렇게 막 쓰면 어떡해요?"

짜증 섞인 목소리다. 나는 순간 화가 치미는 것을 겨우 진정시킨다. 그 행주는 깨끗한 거냐고 되묻고 싶지만 참기로 한다.

이윽고 음식이 나온다. 아이 앞에 놓인 돈가스는 큰 접시 절반을 차지할 정도로 크다. 그 위에 적갈색 소스를 듬뿍 끼얹었다. 소스 주위로 밥과 양배추 샐러드, 말라비틀어진 마카로니, 단무지 두 개가 놓여 있다. 내 앞엔 길쭉한 접시에 덩그러니 김밥 한 줄이 놓여 있다. 포크와 나이프를 들어 아이 접시에 놓인 돈가스를 먹기 좋게 잘라준다. 아이가 돈가스 하나를 찍어 입에 가져간다. 소스 한 방울이 아이의 점퍼 앞자락에 떨어진다. 휴지 한 장을 뽑아 닦아주려 하다가, 돈가스 하나를 다시 집어 올리는 아이와 손이 부딪친다. 소스가 옷에 묻은 게 무슨 대순가 싶어 그대로 손을 내려놓는다. 마음이 서럽다. 오늘은 주말이 시작되는 날이다. 겸이 엄마는 이제 이 세상에 없다. 아이와 단둘이 조악한 음식을 앞에 두고 앉아 있는 이곳이 예루살렘의 다락방이다. 막막하고 서러운 마음이 또 가슴을 쥐어짠다. 저 아이를 어찌할 것인가. 제 입으로 무엇이 들어가는지, 그게 맛있는지 아닌지도 모른 채, 묵묵히 딱딱한 음식을 입으로 가져가는 저 가련한 생명을 이제 어찌할 것인가. 세상은 점점 우리를 밀어내는데, 그럼 어디로 가야 한단 말인가. 내가 없더라도 저 아이는 살아갈 수 있을까. 유서라도 한 장 써놓는다면, 미천골에 있는 나의 누나가 저 아이를 맡아줄 것인가. 제 부모도 없이, 성한 정신도 아닌 저 아이가 제 몫의 삶을 사는 것이 가능한 일일까. 그렇게라도 살아가는 것이 저 아이에겐 좋은 일일까. 그게 가치 있는 일일까. 내가 저 생명의 생살여탈권을 가졌다고 할 수 있는가. 이런 두서없는 생각을 하고 있을 때, 아이가 포크를 탁, 소리가 나도록 내려놓는다.

"이제 그만 먹을래요."

사람들의 시선이 모두 이쪽을 향한다. 나는 더 이상 분노하지 않는다.

"그래, 이제 일어나자."

나는 아이의 손을 잡고 카운터로 간 뒤 최대한 담담한 표정으로 계산을 하고, 다시 밖으로 나온다. 안녕히 가시라는 인사 따윈 역시 없다.

분식점 옆에 있는 편의점에서 물 한 병을 사서 차에 다시 올라탄다. 오늘 방을 잡는 것은 어려운 일이다. 암수 인간들이 오늘은 집 밖에서 교합을 하는 날이기 때문이다.

울산 삼산동 주변은 불야성이다. 백화점 외벽의 네온사인은 요란하고 길거리엔 사람들이 넘쳐난다. 꿀단지 술 파는 노래방, 황제 룸살롱, 타이 아로마 마사지, 용궁 안마, 호박 성인 나이트. 이런 간판들이 눈에 들어온다. 소돔성의 밤이 이렇게 불을 밝혔구나. 나는 이 세상의 영락(榮樂)도 다 느껴보지 못하고 이렇게 시들었구나. 신파극의 통속적인 대사는 이렇게 떠오른다. 별 볼일 없는 무명작가의 영혼 속에는 이 이상의 언어는 없다. 한 번도 귀한 대접을 받아보지 못한 몸은 비루한 언어만을 낳는다. 어느 명민한 평론가는 이렇게 말했지. 제발 엄살 좀 그만 떨고, 글이나 제대로 쓰라고. 나는 이 말이 인생은 즐길 줄 아는 자의 것이라는 뜻으로 들렸다. 사유의 간극이 없으면 미학도 없다. 문학은 그런 인식론적 여백을 뚫고 나오는 것이다. 그러나 나는 그게 없었다. 내 인생은 그것을 허락하지 않았다.

겸이가 꾸벅꾸벅 존다. 많이 먹은 탓인가. 저녁 약을 먹여야겠다 싶었는데, 때마침 신호가 걸린다. 아이가 더 깊은 잠이 들기 전에 깨워야 한다.

"겸아, 약 먹고 자야지."

내가 아이의 어깨를 톡톡 치며 말한다. 아이는 짜증스러운 표정으로 눈을 뜬다.

"겸아, 미안. 약 먹고 자자. 응?"

"왜 약 먹어야 돼요?"

잠에 취한 소리이긴 하지만, 또 떼가 섞인 말투다.

"약 안 먹으면 어떻게 된다고 했어? 멍해진다고 했지?"

내 목에 달린 카세트테이프는 오늘도 돌아간다.

다행히 아이가 물병을 받아 쥔다. 나는 약봉지를 뜯어 아이의 입에 털어 넣는다. 아이가 생수병에 입을 대고 물을 마신다. 다행이다. 이제 약을 먹였으니, '오늘도 무사히'는 지켜질 것이다. 어디로 가야 하는가. 이 불야성 속 어디에 우리의 지친 몸을 뉠 곳이 있겠는가. 잠이 깬 아이는 맥퀸을 대시보드 위에 놓고 이리저리 움직이고 있다.

"맥퀸이 슬퍼요."

아이가 억지스러운 눈물 연기를 한다. 애니메이션에 나오는 대사인가 보다.

"왜?"

"엄마가 없어요."

"자동차니까 엄마가 없지."

"겸이는 엄마 안 죽었지요?"

나는 아무 말도 못한다.

"말해주세요. 말해주세요."

처형이 전화한 날이 아내가 죽은 날이라면, 내일 아침이 아내의 발인이겠구나. 아내의 영이 계속해서 우리 차를 따라다니는 것은 아닌지. 차창에 매달려 겸이의 얼굴을 쓰다듬고 있는 건 아닌지.

우리의 행로가 이미 그것에 대한 전조였는지. 자기의 영정 앞에 데려가기 위해 우리를 부른 것인지. 아내가 전화를 했을 때 차마 입에 담지 못할 욕을 한 것이, 목 안에 걸린 가시처럼 아프다.

태화강 둔치 주차장에 차를 댄다. 강변에는 머리 꼭대기에 형형색색의 불을 밝힌 초고층 주상 복합 아파트들이 들어서 있고, 그 불빛이 강물 위에 어룽져 일렁이고 있었다. 내가 밖으로 나와 담배 한 대를 피워 물자, 겸이도 따라 나와서 주위를 맴돈다. 수많은 누군가의 보금자리들이 불을 밝히고 있지만, 정작 우리에겐 닿을 수 없는 빛이구나. 아이는 둔치 제방 끝에 서 있다. 아이의 그림자가 길게 내 쪽을 향해 누워 있다. 아이의 뒷모습이 처연하다. 겸아, 오늘 밤 너를 데리고 어디로 가야 할지 모르겠구나.

가령, 오늘이 지상에서의 마지막 밤이라고 가정해보자. 누가 가장 그리운가. 송희? 누나? 죽은 아내? 아니다. 아무도 보고 싶지 않다. 그런 인간적인 그리움 따위는 이제 겨우 지워졌다. 이렇게 오로지 나 스스로가 되어본 적도 없지 않은가. 저기 서 있는 아이가 내 분신이라면, 그 또한 나일 것이고, 우리가 함께 죽는다면 세상은 나를 비정한 아버지라고 욕할지는 몰라도, 나 스스로는 필연일 수밖에 없다고 말하겠다. 내가 없으면 저 아이도 없다.

무엇인가 준비를 하자. 뭐가 좋을까. 고무호스와 청테이프만 있으면, 우린 편안히 다른 곳으로 갈 수 있다. 자동차 배기구에 호스를 연결해 그걸 차 안으로 끌어들이고, 차에 시동을 걸면 우리 부자는 향긋한 가솔린 배기가스를 마시며 그대로 오랜 잠을 자게 될 거다. 연탄과 번개탄은 너무도 익숙한 재료들이지. 여기서 번개탄에 불을 붙여 연탄을 피우고, 그런 다음 그것을 차 안으로 가져가면, 우린 일산화탄소중독으로 서서히 죽어가겠지. 어느 것이 좋을까. 무엇이든 큰 고통은 없을 것이다. 내가 저 아이의 생명을 뺏는 것은, 살아서 더 고통스러울 아이의 인생을 이쯤에서 멈추어주겠다는 뜻이다. 어느 누구도 나를 욕할 수 없다.

그럼 신문에는 어떤 기사가 나오게 될까. 연탄가스 자살: 울산 태화강변에서 자동차 안 부자 시신 발견 / 해직 교수 인생 비관, 아들과 동반 자살 / 장애 아동 둔 한 부모 가정의 비극: 결국 동반 자살, 사회 안전망 확충 시급 / 비정한 부정: 열한 살 난 아들과 동반 자살. 이런 기사들이 올라오지 않을까. 서로 다른 관점에서 사건을 보도하고 있지만, 어디에서도 우리의 죽음에 대한 충분조건을 찾지는 못할 것이다.

"아빠, 이제 갈까요."

아이가 또박또박 말한다. 어디서 들어도 한 번에 누군지 알 수 있는 독특하고 리드미컬한 음성. 그것이 네가 이 세상에 유일무이한 존재라는 사실의 하나이겠지.

"겸이는 사는 게 좋아?"

내가 무릎을 꿇고 아이의 눈높이에서 묻는다.

"좋아요."

아이는 신이 나서 펄쩍펄쩍 뛰면서 말한다.

"죽는 거는?"

"싫어요."

"왜?"

"무서워요."

"죽는 게 누가 무섭데? 그냥 눈 감고 있으면 다른 세상으로 가는 거야."

"아니에요. 죽을 때 피 나요. 아파요."

아이가 얼굴을 일그러뜨리며 말한다.

피를 흘리지 않고 편안히 죽을 수도 있다고 말하고 싶지만, 나는 아무 말도 못한다. 저 아이와 함께 가는 것이 과연 온당한 일인가. 자꾸 똑같은 질문이 마음속에서 와동을 일으킨다. 너만 이렇게 태어나지만 않았어도 네 어미나 나나 이렇게까지 불행하지는 않았을 거야, 라는 이기적인 생각까지 뒤섞어본다.

"이제 갈까요."

"겸이는 어디 가고 싶은데?"

"모텔!"

내가 아무 말이 없자 아이가 다시 말을 잇는다.

"겸이 목욕하고, 머리 말리고, 잠옷 갈아입고, 혼자 잘래요."

"……그럴래?"

"네! 잘할 수 있다!"

아이가 다시 폴짝폴짝 뛰면서 말한다. 잘할 수 있다, 는 말은 제 엄마가 아이에게 시킨 말이다. 잘할쑤이따! 겨미는잘할쑤이따! 잘할쑤이따! 자꾸 이상하게 눈물이 질금질금 새어 나온다. 비루한 인간이 할 수 있는 일이란 게, 인간임을 증명할 수 있는 유일한 게, 이 짜고 더러운 눈물이라니! 가슴팍을 쥐어뜯고 싶다. 나는 겸이를 가슴에 끌어안고 아이의 등을 한참 동안 매만진다. 겸이도 여느 때처럼 나를 밀치거나 벗어나려 바동거리지 않고, 그대로 안겨 있다.

그때 바지 속에 들어 있던 핸드폰이 부르르 떤다. 화면을 보니 처형이다.

"김 서방."

나는 아무 대답도 하지 않는다.

"내일 명옥이가 떠나요. 올 거죠?"

"……."

"개가 남긴 말도 있고, 전해달라는 것도 있고. 하여튼 오세요. 여긴 아무도 없어요. 여기 영도병원이에요."

나는 아무 말 없이 전화를 끊는다. 머릿속이 다시 멍해진다. 뭔가 꽉 차올랐던 생각이 바람 빠진 풍선처럼 홀쭉하다. 무엇을 고민했는지 생각도 나지 않는다.

봄이라지만, 삼월의 공기는 아직 차다. 나는 아이를 다시 차에 태운다. 담배를 한 대 피워 문다. 하늘엔 한껏 부풀어 오른 달이 황달에 걸린 듯 걸려 있다. 내가 뿜어낸 연기가 구름처럼 달을 스쳐 날아간다. 아내의 얼굴이 망막 위에 잡혔다가는 곧바로 사라진다. 보고 싶은 것은 언제나 희미하다. 담배를 강물 위로 튕긴다. 빨간 불똥은 강물에 닿자마자 부스스 꺼져버린다. 깊은 숨을 들이마신다. 차 안에서 나를 바라보는 아이의 얼굴이 보인다. 나를 본 게 아니라 내 입에서 뿜어져 나온 담배 연기를 구경하고 있었겠지. 아니다. 담배를 던져버렸지만, 아이는 계속해서 나를 바라보고 있다. 무언가를 저렇게 오랫동안 바라보는 아이가 아니다. 나는 다시 차로 돌아와 운전석에 앉는다. 겸이가 안전벨트를 하고 앉아 있다. 이것도 아내가 귀에 딱지가 앉도록 교육시킨 결과다. 나는 차에 시동을 건다.

"겸아, 가자!"

아이는 어디로 가는지 묻지 않는다. 이제 갈 곳이 생겼다고, 누군가 우리를 부르고 있다고 마음속으로 말했다. 두 시간 정도면 병원에 도착할 것이다. 안전벨트를 하고 앉아 있는 아이의 모습이 단단해 보인다. 갈 데가 있다는 것이 사람을 이렇게 기운 나게 한다는 걸 느낀다. 생각이 꼬리를 문다. 아내는 왜 집을 나간 것일까. 처형은 그런 동생을 옆에 두고도 꿀 먹은 벙어리처럼 왜 내게 아무 말도 없었을까. 부산에선 도대체 무슨 일을 하고 있었을까. 아내는 왜 죽은 것일까.

갑자기 빗방울이 앞 유리에 후두둑 부딪친다. 창밖의 불빛들이 일그러져 얼룩진다. 와이퍼를 작동시켜 물기를 닦아내자 차창이 부옇게 변한다. 대형 트럭들이 깜박이도 켜지 않고 끼어들어 정신이 아찔하다. 워셔액을 뿌려 유리를 닦아내자 그제야 시야가 열

린다. 땅을 움켜쥘 듯 지축을 울리며 질주하는 그들은 이미 무법
자다. 죽음이 바로 곁에 있는 것 같았던 기분은 어디론가 사라지
고, 이제 살기 위해 도로를 달린다는 생각을 하니 피식 웃음이 나
온다. 아이는 왜 모텔에 가지 않느냐고 묻지 않는다. 잠시 고개를
끄덕거릴 뿐 깊은 잠에 들지 못한다. 아이는 영정 사진 속의 제 엄
마를 보며 무슨 생각을 할까.

　빨간 후미등을 밝히고 점점이 늘어선 차량들이 빗속을 걷는 거
대한 순례자들의 행렬처럼 보인다. 가다 서다를 반복하지만, 결국
엔 모두 어딘가에 가 닿을 것들. 아내에게 가는 길이 이상하리만치
숙연하다. 나와 아이는 그녀의 인력에 끌려가고 있는 것일까. 모든
인연에는 그것이 선연이든 악연이든 이끌림이 있다. 그렇다면 만
나지 말아야 할 인연도, 만나야 할 인연도 없다. 아내여. 나의 무능
력을 용서하라. 나와 아들의 곁을 떠나야만 했던 이유를 묻지는 않
겠다. 당신과 내가 겸이를 낳고 살아왔던 시간이 우리 생의 지옥도
라면, 그 별자리에서 하나가 잠시 빠져나갔다가 길을 잃고, 이젠
저 우주 너머로 영영 사라져버린 것일 뿐이다. 미련일랑 갖지 말
고, 다만 나도 그 속에서 아프고 고단했음을 부디 이해해주기 바
란다. 아내에게 하고픈 말들이 주문처럼 스멀스멀 흘러나온다. 겸

이는 창문과 등받이 틈에 머리를 파묻고 잠들어 있다. 잘 시간이 아니면 잠을 자지 않는 아이지만, 긴 여행의 피로 때문인지 잠이 많아진다.

부산에 접어들자 비는 금세 그치고 빌딩들 사이로 옅은 안개가 서려 있다.

"여기가 어디예요?"

주차장에 차를 세우자 아이가 잠꼬대 같은 목소리로 말한다.

"병원."

내가 사이드브레이크를 들어 올리며 말한다.

"겸이, 주사 안 맞을래요."

"그럼, 주사 안 맞아."

"갈까요."

아이가 다시 재우쳐 말한다.

"갈까요. 그냥 갈까요."

아이는 병원을 무서워한다. 그동안 병원에서 무수하게 피를 뽑고 MRI를 찍고 뇌파 검사를 하고 주사를 맞고 약을 먹었다. 병원이라면 넌더리가 날 만도 하다.

"아니, 엄마 보고 가야지."

아이가 놀라는 눈치다.

"엄마 볼래요. 엄마, 지금 만날 거예요."

아이의 목소리가 다급해진다.

아이가 조수석 문을 열고 나가자 나도 바로 차에서 내린다.

영안실은 지하 일 층에 있다. 가슴이 뛴다.

고인: 이명옥

상주: 남편 김승호, 아들 김겸

그녀 옆에 나와 아이는 없었지만, 그녀의 죽음 곁에는 우리가 먼저 와 있었다. 한쪽 구석에 낯익은 여인이 소복을 입고 앉아 있다. 처형이 시든 수국처럼 고개를 숙이고 있다. 그 앞에 작은 액자 속에는 잊으려 했던 얼굴이 환하게 웃고 있다. 향연이 무명실처럼 흔들리며 피어오른다. 처형이 나를 발견하곤 화들짝 놀란다.

"왔군요."

처형이 내 손을 짧게 잡았다 놓는다. 몰라보게 늙고 수척해 보인다. 처형이 내 옆에 서 있는 겸이를 보더니 와락 껴안는다. 뭔가 울컥하는 기분이 들었지만, 마른침을 삼키며 스스로를 진정시킨다. 여전히 영정 속의 아내는 웃고 있다. 아마도 언니가 가지고 있던 아내의 대학 시절 사진인 것 같은데, 아내에게서 저런 맑은 미소는 본 적이 없다. 누가, 무엇이 그 백합 같은 하얀 웃음을 빼앗아 갔는가. 겸이가 제 이모와 같이 있는 동안, 나는 아내의 영정 앞에서 향을 피우고 깊은 절을 한다. 아내야, 내가 왔다. 이제 다 용서해다오. 오래전 가출했던 남편이 제 집으로 돌아온 기분이다. 다시 영정 속 아내의 얼굴을 바라본다. 애써 내게서 시선을 피하려는 모습이다. 억지로 눈을 맞추려 하자, 그보다 먼저 눈앞이 흐려진다. 뒤를 돌아보니 겸이가 이모와 나란히 앉아 나를 바라보고 있다. 죽은 아내보다 텅 빈 빈소가 더 애처롭게 느껴진다. 생전에 박복했던 운명은 죽어서도 마찬가지다.

할 수 없이 겸이의 곁으로 가 자리에 앉는다. 머릿속이 멍해지고 가슴이 휑하다. 그 빈자리에 그래도 오길 잘했다는 안도감이 슬몃 자리한다.

"아빠, 엄마는?"

결국 다가올 질문에 당도한다. 처형은 묵묵히 겸이의 머리를 쓰다듬어 줄 뿐 아무 말이 없다. 죽음이 무엇인지 이해하지 못할 아이에게 어떤 말을 해야 하나.

"아빠, 말해주세요. 엄마는, 엄마는?"

아이가 다시 떼를 쓰듯 말한다.

"엄마는 하늘나라에 먼저 올라갔어. 우리가 늦어서 같이 못 간 거야. 비행기 시간이 다 됐대."

내가 말도 안 되는 이야기를 지어낸다.

"우리도 갈까요. 아빠, 우리도 갈까요. 아빠 말해주세요."

겸이가 독특한 리듬과 억양으로 조르듯 말한다.

"아빠가 나중에 비행기표 알아볼게. 오늘은 여기서 자고 가자. 응? 겸이 잘할 수 있지?"

겸이는 잠시 생각하더니 곧 얼굴이 밝아진다.

"비행기표 내일 살까요. 겸이 떼 안 쓰고, 잘할 수 있다!"

겸이가 손을 움켜쥐며 말한다. 제 이모가 빨갛게 충혈된 눈으로 아이를 지긋이 바라본다.

처형은 나에게 식사라도 해야 하지 않느냐고 말했지만, 어색한 분위기 때문에 그저 해본 말이려니 싶다. 이모 곁에 앉아 있는 겸이는 제법 편안해 보인다. 이모에게서 제 엄마의 냄새를 맡고 있는 것 같다. 아이가 이모의 허벅지를 베고 길게 다리를 빼고 눕는다.

두 개의 분향실만 있는 영안실이기에 번잡하지는 않지만, 2호실에서는 간간히 울음이 터져 나온다. 아이고 어무이 불쌍해서 우야꼬, 우야꼬. 울음 섞인 경상도 사투리가 먼 이국 말처럼 들린다. 그제야 내가 부산에 와 있다는 걸 느낀다.

아내는 계속 어딘가를 바라보며 웃고 있다. 저 사진 속 순간엔 나와 겸이는 없다. 그녀도 놓아버린 생이 원망스러울까. 아이는 이모에게서 그대로 잠이 들어버린다. 아이를 바라보던 시선을 돌리려다가 처형과 눈이 마주친다.

"와주어서 고마워요. 명옥이도 남편과 겸이가 오길 기다렸을 거예요."

처형이 나직한 목소리로 운을 뗀다. 나는 고개를 내저으며 묵묵히 다음 말을 기다린다.

"명옥이 많이 원망스러웠죠? 여기 내려와 있는 거 다 아는데, 연락 한 번 해주지도 않은 저도 그렇고."

"사연이 있으려니 했습니다."

내가 애써 태연한 듯 말한다.

잠이 든 겸이를 들쳐 안아 유가족실로 옮긴다. 처형이 어디서 얻었는지 소주와 몇 가지 안줏거리를 챙겨 온다.

"문상객이 없어, 음식도 맞추지 않았어요. 그래도 좀 드세요."

처형의 목소리가 귀에 착착 감겨 온다. 오래전에 들었던 아내의 목소리다. 소주를 한 잔 따라 단숨에 털어 넣는다. 마음이 쑥 가라앉는 느낌이다.

"어떻게 된 겁니까?"

"말하자면 긴데, 저를 욕할 수도 있고."

처형이 내 앞에 있는 빈 잔을 가져가더니 거기에 술을 따라 단숨에 마셔버린다. 이윽고 그 잔에 다시 술을 채워 나에게 내밀며 말을 잇는다.

"명옥이가 부산에 내려왔을 때는 제가 그이와 헤어졌을 무렵이었어요. 혼인신고를 한 건 아니었지만 우리는 여느 부부처럼 살았어요. 어느 날, 젊은 여자아이 하나가 저에게 전화를 하더니 이제 그이는 나하고 살게 됐으니 그리 알라고 하더군요. 아이가 없으니 그나마 다행이긴 했지만, 먹고살 길이 막막하더군요. 그래서 시작한 일이 술집 마담이었어요. 아무래도 그 사람이 술장사를 했기에 그쪽 일에 대해선 귀동냥을 좀 해뒀고, 어차피 인생 뭐 있나 싶어 그 길로 나선 거지요."

처형의 말을 듣자니 가슴이 죄는 것처럼 답답하다. 담배 한 개비를 빼어 불을 붙인다. 눈을 돌려 아내의 영정을 바라본다. 아내는 계속 웃고 있다.

"마담 일이라는 게 별거 없어요. 아가씨들 방에 넣어주고 가끔 방에 가서 분위기 띄워주고 술값 계산하고 2차 가는 남자들 모텔에 연락해 방 잡고 콜택시 태워 보내면 되거든요."

처형이 아무 거리낌 없이 이런 애기를 하자, 닳아버린 그녀의 인생이 낯설게 느껴진다. 처형은 내가 내놓은 담뱃갑에서 담배 한 개비를 꺼내 피워 문다. 그 모양새가 작부처럼 처연하다.

"그러나 일은 고되죠. 매일 술을 마셔야 하니까요. 진상을 떠는 인간들도 있고. 명옥이에게 이런 일을 시키고 싶지는 않았어요. 어쩌다 보니 동생이 제 밑에서 실장 일을 보게 된 거죠. 동생이니까 믿을 수 있고 서로 위안도 되고 다른 일보다 돈도 잘 벌 수 있고. 동생은 딱 삼 년만 벌어서 다시 올라간다고 하더군요. 개도 겸이 생각하며 많이 울었어요."

"그런데 왜 죽은 겁니까?"

목소리는 나도 모르게 차갑게 식어 있다. 처형이 한참 동안 머뭇거리다 말한다.

"용서해줄 수 있어요?"

"누구를요?"

내가 따지듯 묻는다.

“나와 동생, 둘 다요.”

소주병은 모두 바닥나 있다. 처형이 다시 어디선가 소주 한 병을 가져온다.

“너무 많이 드시지 마세요.”

처형이 내게 술을 따르며 말한다.

나는 이제 잠자코 처형의 말을 듣기로 한다. 누구를 원망할 수도 없는 일이다. 무능한 가장이었으니 아내가 집을 나간 것이 아닌가. 돈을 벌러 왔다지 않는가.

“모텔에서 살해를 당했어요.”

처형이 참았던 울음을 터뜨린다. 2호실 사람들이 기웃기웃 우리를 쳐다본다. 시간은 벌써 새벽 두 시를 넘기고 있다.

“그날 새벽에 가게 문을 닫을 때, 같이 집에 들어가야 할 동생이 보이지 않더라고요. 술이 많이 취해서 저는 집으로 가서 그대로 쓰러졌어요. 동생은 곧 들어오겠거니 했고. 그런데 아침에 경찰서에서 온 전화는 그게 아니었어요. 그 애 핸드폰 통화 기록을 보고 전화한다면서, 동생이 살해당했다고 하더군요. 칼로…….”

처형은 담배 한 개비를 다시 피워 물고 길게 연기를 뿜는다. 이제 얼굴에 울음기가 싹 걷혀 있다.

"마담이나 실장은 2차를 나가지 않아요. 절대! 그런데 그날 개가 누구랑 같이 있었나 봐요. 끌려갔는지, 저항을 하다가 그런 건지……."

"……."

"경찰이 범인을 찾고 있는데……."

처형은 고개를 깊이 숙이고, 매운 담배 연기만을 내뿜는다. 나는 불쑥 그녀를 겁탈하고 싶은 충동을 느낀다. 아내가 외간 남자랑 거기까지 갔다는 것이 괴로운 것이 아니라, 그녀를 그렇게 방치할 수밖에 없었던 내 운명이 기가 막히다.

처형은 옆에 놓인 가방에서 뭔가를 찾더니, 케이스에 담긴 통장을 내민다. 거기엔 도장까지 끼워져 있다.

"명옥이가 그동안 번 돈이에요. 언니 집에서 그냥 먹고 자는 대신, 대부분의 월급을 모은 거……."

"이제 그만하세요."

나도 모르게 소리를 버럭 지른다. 지금 돈이 중요하냐고, 죽은 동생 앞에서 이런 얘기가 술술 나오냐고 말하고 싶지만 꾹 참는다. 처형은 또다시 담배를 피워 문다. 견고한 침묵이 둘 사이를 막아선다. 순간 겸이가 꾸물꾸물 이쪽으로 걸어오고 있다. 낯선 잠자리에 아빠까지 곁에 없으니 잠이 깬 것이다. 아이가 다짜고짜 내 다리 위에 풀썩 앉는다.

"아빠, 잘까요. 같이 잘까요."

겸이가 떼를 쓰듯이 말한다. 영정 속의 아내라면 이렇게 말했겠지. 같은 말 반복하지 말라고 했어 안 했어.

"화장할 거지요?"

내가 최후 심문처럼 말한다.

"그래야죠. 우리가 선산이 있는 것도 아니고. 부모님도 모두 그냥 바다에 뿌렸어요. 걔도 그리로 가겠죠."

지나치게 말이 많은 처형이 피곤하게 느껴진다. 과묵하고 단단해 보였던 옛날의 처형이 아니다. 나는 겸이를 재우기 위해 아이와 함께 유가족실로 들어간다.

아내는 영락공원 화장장으로 간다고 한다. 아침이 되자 조폭처럼 보이는 남자들 다섯 명이 찾아온다. 처형은 그들을 삼촌이라고 부르며 이물감 없이 그들을 대한다. 아무래도 술집과 관련된 이들이 분명하다. 용이나 뱀들이 온몸을 휘감고 있을 것 같은 이들이다. 이들이 아내의 관을 운구할 사람들이다. 나는 아무래도 이

들의 중간 보스 정도 되는 놈이 아내를 죽인 게 아닌가 하고 생각
한다. 이들이 다섯만 온 것은 나머지 한 자리를 나에게 맡기기 위
해서다. 어쨌든 나는 그들과 함께 아내를 장의차까지 운구한다. 장
의차에 오른 가족은 처형과 나와 겸이, 이렇게 세 사람뿐이다. 여
기도 비루하기 짝이 없는 집안인 셈이다 통영 앞바다 욕지도의 뱃
놈 집안 출신인 장인은, 친척도 하나 없이 오로지 딸 둘을 세상에
던져놓고, 그 하나를 먼저 데리고 가는 길이다.

화장장에 도착하자, 별로 기다릴 것도 없이 아내의 관은 붉은 천
을 뒤집어쓴 채로 소각로 안으로 들어간다. 여기저기서 울음이 터
져 나오지만, 그것은 우리를 위한 것이 아니다. 처형이 벽에 얼굴
을 묻고 소리 죽여 흐느긴다. 나는 이상하게 담담하다. 겸이도 여
기가 어딘지 모르겠다는 듯이 어리둥절한 표정이다. 잠시 후, 다섯
명의 사내들은 서둘러 자리를 뜬다.

아이는 기다리는 시간이 짜증스러운지, 밖으로 나가자고 떼를
쓴다. 일 층으로 내려와 아이 입에 음료수 하나를 물려준다. 아내
의 지친 육신이 타는 데는 그리 오랜 시간이 걸리지 않는다. 나는
한 방울의 눈물도 흘리지 않는다. 아무런 느낌이 없다. 고통스러운
시간을 끝낸 아내가 오히려 행복할 수도 있다고 생각한다. 뜨거운

불이 아내의 육신을 태운다고 무슨 고통이 있겠는가. 그것도 산 사람의 생각일 뿐이다. 한 시간 반쯤 지났을까. 아내의 시신은 희고 둥근 유골함에 담겨 처형의 손에 들려 있다. 처형의 얼굴에도 눈물 자국은 없다. 뜨거운 몸을 섞었던 한 사람이 이제 한 줌 뼛가루로 남았다고 생각하니, 지난 생의 자리가 모두 부질없이 느껴진다.

"이제 어디로 가야 하죠?"

내가 담담하게 묻는다.

"배를 맞춰놨어요. 이제 대변항으로 갑니다."

"제 차로 가시지요."

내가 다 찌그러진 은색 마티즈를 가리키며 말한다. 처형은 아내의 유골을 들고 차로 향한다. 아이를 뒷자리로 보내고 처형을 조수석으로 안내한다. 아이는 제 이모가 들고 있는 도자기 속에 무엇이 들어 있는지 알지 못한다. 오랜만에 내비게이션을 꽂아 목적지를 찾고 차를 출발시킨다. 아내의 유골을 실은 차는 제가 가야 할 곳이 어딘지 알고 있다는 듯이 막힘없이 달린다. 배를 같이 탈 것인가 말 것인가 망설인다. 겸이가 생전 처음 배를 타면 멀미를 할지도 모르고, 낯선 공간에 놀라 경기를 할 수도 있다. 더구나 아이는 아침 약도 먹지 못했다.

대변항에 차가 도착하자 처형은 어디론가 전화를 건다. 배는 이미 대기 중이다. 처형과 배가 있는 곳까지 같이 걸어가기로 한다. 항구는 잡은 고기를 상자에 담아 내려놓고, 또 그물을 손질해 바다로 나가려는 사람들로 부산하다.

"같이 가실래요?"

처형이 올라탈 배 앞에서 말한다.

"전 여기까진 것 같습니다. 겸이도 배를 타기 힘들고……."

내가 이렇게 말하자, 처형의 눈에 눈물이 가득 고인다. 아, 이게 아닌데. 나도 기다렸다는 듯이 눈물이 터져 나온다. 서로의 눈길을 피해 한참을 울다가 내가 나직이 말한다.

"고단했던 인생, 잘 보내주세요."

"그럴게……요."

처형이 울음 섞인 목소리로 말한다.

처형이 유골함을 잠시 나에게 건네고, 앞에 있는 겸이를 껴안는다. 아이도 이모의 품속에 폭 안긴다. 아내의 유골함은 속이 텅 빈 것처럼 허전하다. 살아서 무거웠던 생, 죽어서는 공기처럼 가뿐하구나. 고기잡이배를 얻어 타는 거라서, 조업이 끝날 때까지 기다렸다가 돌아와야 한다고 한다.

처형이 아내의 유골을 안고 배에 오른다. 잠시 후 몇몇의 뱃사람들과 함께 처형을 실은 배가 검은 연기를 내뿜으며 움직이기 시작한다. 그렇게 점점 멀어지는 배를 한없이 바라보다, 시야에서 작은 점으로 사라져갈 때까지 나는 계속 아내의 뒷모습을 지킨다. 잘가, 명옥아. 많이 미안했어.

9_그 후로 오랫동안

이젠 정말 갈 곳이 없다. 시간은 한 시를 갓 넘어서고 있다. 겸이에게 밥을 먹여야 한다. 아침 약도 먹지 못한 아이가 걱정이다. 막막한 마음을 쓸어내릴 새도 없이, 약 먹을 때를 놓친 아이 때문에 마음이 급하다. 산 자의 걱정이란 매번 이런 거다. 무엇을 먹을까, 무엇을 입을까. 신은 이것을 걱정하지 말라 했지만, 산다는 건 모두 이런 것을 둘러싼 근심이다.

항구를 빠져나가자 허름한 중화요리집이 눈에 들어온다. 차를 앞에 세우고 얼른 아이를 데리고 식당 안으로 들어간다.

"겸아, 자장면 먹을래?"

아이가 고개를 끄덕인다. 한 그릇만 시킬 수 없어 두 그릇을 주문한다. 물병과 컵, 양파와 단무지와 춘장이 담긴 종지가 나온다. 나도 모르게 입속에 침이 고인다. 산 자의 단순한 조건반사는 끊임없는 생에 대한 미련을 일깨운다. 죽고 싶은 자에게 찾아온 엄청난 허기처럼 말이다. 나는 무심코 받아 쥐었던 아내의 통장을 꺼내 본다. 입금만 있고 출금 내역은 전혀 없는 통장이다. 맨 뒷장을 펴 본다. 순간 나는 내 눈을 의심한다. 잔고에 80,523,170원이라고 적혀 있다.

미국에 가면 겸이 병을 고칠 수 있대. 집을 나가기 전에 아내가 습관적으로 하던 말이다. 그녀는 아이를 데리고 미국에 가려고 했을 것이다. 돈 벌 능력은 눈곱만큼도 없는 내가 얼마나 원망스러웠을까. 대학을 떠나면 죽는 줄 알고, 글이 아니면 아무것도 하지 못하는 문약서생이 얼마나 미웠을까. 가난할 수밖에 없는 조건을 이미 만들어놓고, 스스로를 자학하는 내가 얼마나 못나 보였을까.

음식이 나오자, 나는 아이의 그릇에 담긴 자장면을 잘 섞어 준다. 아이는 나무젓가락을 뜯고 자장면을 먹기 시작한다. 몇 젓가락 먹지도 않았지만 아이의 입 주위와 가슴께 여기저기 자장이 묻어 있다. 평소 같으면 휴지로 닦아주며 습관적으로 잔소리를 늘어놓았겠지만, 지금은 그럴 힘도 없다. 자장으로 칠갑을 한다 해도, 그게 너와 나의 생에 묻은 얼룩만 하겠는가. 아내는 그날 모텔에서 얼마나 무서웠을까. 날카로운 칼이 파고들어 몸을 헤집어놓을 때도, 아내는 겸이를 생각했을 거다. 그래서 몸보다 마음이 아팠을 거다.

이런저런 생각에 나는 자장면이 불어터지도록 몇 젓가락 대지도 못하고 만다. 아이는 이미 그릇을 싹싹 비운 상태다. 이제 우린 어디로 가야 할까. 다 마셔버린 물컵처럼, 마음의 수위는 바닥을 드러낸다.

"이제 나갈까요. 아빠, 나갈까요."

겸이가 재촉하듯 말한다. 자장으로 범벅이 된 아이의 입과 옷을 휴지로 대충 닦아낸다. 그래도 흔적은 남는다고 얼룩들은 아우성치고 있다. 계산을 하다 보니 주인의 인상이 좋지 않다. 아이가 테이블을 지저분하게 해서 그런 게 아닌가 하는 자격지심이 든다.

차에 오르고 습관처럼 시동을 건다.

"겸아, 어디 갈까?"

아이의 대답이 궁금해서 아니라, 내 마음이 갈피를 잡지 못하기 때문이다. 없었던 돈이 생겼고, 끝내려 했던 생의 시간은 식곤증처럼 남아 가물거린다.

"바다 갈까요."

아이가 생각없이 말을 내뱉는다.

"우리가 지금까지 며칠 동안 본 게 바단데, 뭘."

내가 답답하다는 듯이 말한다.

"하늘나라 갈까요. 엄마한테 갈래요."

"갈 수 없어."

"그럼, 이모한테 갈까요."

"……"

아, 이제야 알겠다. 아까 이모가 배를 타고 바다에 갔으니, 거기에 가보자는 얘기다. 바다가 하늘과 만나듯이, 바다로 나가면 하늘나라로 가는 줄 아는 모양이다. 아이의 말을 잘 들어보면 다 추리가 가능하다. 내겐 그 생각을 읽어낼 섬세한 마음이 없었던 것인지도 모른다.

어디선가 갑자기 검은색 승용차가 나타나 앞을 가로막는다. 그러더니 검은색 점퍼를 입은 사내 두 명이 차에서 내린다. 그들 중한 명이 내 차로 다가오더니 창을 내리라고 지시한다. 그는 다시 나에게 양손을 창문 밖으로 내밀라고 지시한 후, 아무것도 없는 것을 확인하자, 차 키를 빼서 밖으로 던질 것을 요구한다.

나는 또 뭔가에 휘말려들었음을 직감적으로 느낀다. 그는 짧고 단호한 목소리로 말한다. 나는 차에서 내리자마자 머리 뒤로 깍지를 낀 채, 그들의 차까지 이동한다. 잠시 후 한 남자가 팔을 뒤로 꺾더니 수갑을 채운다. 나는 그제야 고개를 돌려 내 차를 바라본다. 겸이가 나를 바라보고 있다.

"무슨 일인지는 모르지만 아이와 함께 가게 해주세요. 아이에게 약도 먹여야 합니다."

나는 아직도 뒤에서 나를 붙잡고 있는 사람의 얼굴을 보지 못한다. 다른 한 사람이 차에서 아이를 내리게 한 다음, 이쪽으로 데리고 온다.

"부산진 경찰서 강력계 형삽니다. 이명옥 씨 살해 사건 용의자로 체포합니다. 서에 가주셔야겠습니다."

그의 목소리는 충분히 위압적이다. 심장이 덜컹 내려앉는다.

나는 한 남자에게 이끌려 뒷자리로 들어가고, 다행히도 겸이가 내 옆에 앉는다. 아이가 내 손에 걸린 수갑에 손을 댄다. 이 물건의 의미를 아이가 알 턱이 없지만, 수갑을 찼다는 것만으로도 아이에게 부끄럽다. 나는 손을 뿌리치며 아이의 손길을 거부한다.

"내 차에서 가방도 가져와야 합니다. 거기 아이 약이 있어요."

운전석에 앉은 사람이 다시 내 차로 가서 검은 가방을 가져온다.

"경찰서에 도착하자마자, 아이에게 아침이라고 쓰인 약을 먹여야 합니다. 먹여주세요. 내가 무슨 잘못을 했다고 잡아가는지는 모르겠지만."

내가 건조하지만 충분히 기분 나쁜 감정을 실어 말한다. 그러자 내 옆에 앉아 있던 사내가 피식 웃는다.

"다, 서에 가서 조사해봅시다. 장례식이 다 끝날 때까지 그래도 기다려준 거 아니오. 흐흐."

그는 기분 나쁜 웃음을 흘린다.

경찰서에 도착하자마자 나는 강력계 취조실로 이동된다.

"아이에게 약을 꼭 먹이세요."

내가 다시 곁에 있는 형사에게 말한다.

"걱정 마시오."

건조하고 뚝뚝한 말투가 충분히 위압적이다. 어디에선가 겸이의 목소리가 날아든다. 아빠, 어디가요? 아빠, 아빠, 아빠. 목소리만으로도 겸이가 낯선 상황에 당황하는 빛이 역력하다.

"아이한테 약 먹이라고. 미친 놈들아!"

내가 냅다 소리를 지른다. 아이에게 내 목소리가 전해지길 바라면서. 뒤에서 형사가 나를 취조실 안으로 거칠게 떠민다. 취조실은 영화에서처럼 노란 갓등이 켜져 있는 어두컴컴한 방이 아니다. 탁자가 있고, 천장 구석에 두 개의 카메라가 달려 있고, 통유리로 된 벽이 있다. 이 유리는 반사 필름을 붙여 아마도 안에서는 밖을 볼 수 없으나, 밖에서는 내부가 훤히 보일 것이다.

급한 마음에 내가 먼저 앞에 앉은 형사에게 말문을 연다.

"내가 지금 참고인도 아닌 용의자라고 생각하는 거요?"

"어찌 됐든 간에 묻는 말에만 대답하세요."

"미란다원칙을 고지하지도 않은 채, 이렇게 불법체포를 해도 되는 거요?"

내가 다시 따져 묻지만, 그는 엷은 비웃음을 흘릴 뿐 미동도 하지 않는다.

아내의 죽음에 대한 이유를 알기 위해선, 범죄 사실을 재구성하는 것보다 우리의 인생 전체를 알아야 할 텐데, 나는 그 점이 답답하다.

– 통화 내역을 보니 집 나간 아내와 통화도 거의 안 하셨더군요.

궁금하지도 않았습니까?

　－ 우리 생활이 너무 극단적이어서, 누구 한 사람이라도 살아야 한다면 그럴 수 있다고 생각했어요.

　－ 대학에선 왜 해직됐습니까?

　－ 아시면서 왜 자꾸 묻습니까? 현재 소송 중에 있는 건 그쪽에서 더 잘 알 거 아니에요?

　－ 아이는 왜 학교에 안 보내십니까?

　－ 아이가 아파요. 자폐적 소인이 있고 게다가 간질까지.

　－ 얼마 전, 압류 재산이 공매처분되었군요.

　－ 네. 늘 벌이가 시원치 않았어요. 아이는 아프고, 돈은 없고, 아내가 나갈 수밖에 없는 조건이지 않습니까?

　－ 조사를 해보니까 아내 통장에 팔천만 원 정도의 잔고가 있던데.

　－ 그건 장례식장에 와서야 알게 된 사실이에요. 난 그게 탐이 날 정도로 생에 미련이 있지 않습니다.

　－ 그럼 현재 일정한 거처도 없는 상황에서, 돈도 없는 사람이 왜 아픈 아일 데리고 정처 없이 다닙니까?

　－ 죽을 곳을 찾아다녔다면 믿겠어요?

- 사건 당일에는 어디에 있었습니까?

- 처형이 다급하게 소식을 알려 온 게 그제 새벽이었으니까, 경주에 있었어요.

- 그러니까 왜 거기 있었냐고? 당신, 아내가 죽게 될 것을 미리 알고 있었던 거지? 그렇지?

- 그럴 리가 있나요. 난 아내와 함께 투숙했던 호텔에 머물고 싶었던 것뿐입니다.

- 쫄딱 망한 주제에, 무슨…….

- 아무리 경찰이라도 이건 너무 말이 심한 게 아닌가요?

- 사건 현장에서 채취한 지문과 타액으로 직접 범행을 저지른 사람은 이미 검거했소. 조폭 피라미.

- …….

- 하지만 분명 이 사건에 배후가 있을 거라고 생각했어. 그 자식이 남편이 시킨 일이라고 하던데?

- 아닙니다. 전 조폭에 있는 사람을 알지도 못해요. 제가 아내를 죽여서 뭐하나요? 돈 때문이라고요?

- 이거 대질신문을 해야겠군. 배운 새끼가 더 악질이라니까! 최형사, 그 자식 들여보내!

순간 갑자기 문이 열리더니 찬바람이 훅 밀려든다. 눈앞이 흐리고 정신이 몽롱하다. 겸이가 맥퀸 자동차를 손에 들고 부산을 피운다. 기다려라 칙히스. 간다. 부우우웅. 여기가 어디지?

"아저씨, 여기 계속 서 있으면 어떡해요? 차 빼요, 빨리."

고개를 들어보니 경찰이다. 순간 몸이 움찔한다.

"난 아니라니까요! 내가 죽이지 않았다고요."

나는 모질음으로 간신히 말한다.

"이 아저씨 잠꼬대하네? 빨리 정신 차리고 차나 빼요. 정신이 없어!"

차문이 다시 닫히고, 나는 아이를 바라본다. 겸이가 내 옆에 있었구나. 차차 눈이 밝아지고 현실감이 찾아온다. 룸미러에 비춰보니 얼굴이 팅팅 부어 있다. 대체 얼마나 잔 거야. 긴장이 풀리면 이렇게 정신을 잃어버릴 수도 있구나. 아내가 그냥 떠나기 아쉬워, 이런 짧은 꿈을 내게 주고 가나 보다. 아내의 소심한 복수. 아내는 이제 찬 바다에 뿌려졌을 테지.

시동을 건 상태에서 오랫동안 차를 세워놓았더니 연료 게이지의 눈금이 많이 내려와 있다. 차를 움직이기 시작한다. 시간은 벌써 오후 세 시를 넘기고 있다. 겸이는 아침 약도 먹지 않고 잘 버틴다. 빨리 물을 사서 약을 먹여야 한다. 꿈속에서도 소리소리 지르며 아이에게 약을 먹이라고 하지 않았나. 저 앞에 편의점이 눈에 들어온다. 차를 세우자 아이가 따라 내린다. 생수 한 병을 사고, 아이가 좋아하는 고래밥이라는 과자를 산다. 차로 돌아와 약을 먹인다. 약을 거르고도 잘 버텨준 아이가 고맙다. 약을 먹자마자 과자를 뜯으려는 아이에게 말한다.

"조금만 있다가 먹어. 약 먹고 바로 먹으면 안 돼."

웬일인지 아이가 고분고분 말을 듣는다. 포장지에 그려진 고래 그림을 재미있는 듯 쳐다본다. 엄마의 뼛가루도 저 바다에 스며들어 무수한 생명들 사이로 퍼져나가겠지. 물속에 사는 온갖 목숨붙이들의 호흡 속에, 그 먹이들 속에 스며들어, 마침내 아이가 먹을 고래밥 속에도 언젠가 찾아오겠지.

순간, 나른한 오후의 공기를 꼬집듯 전화벨이 울린다. 나도 모르게 진동음이 해제되어 있었나 보다. 화면을 보니 문창과 학과장이다.

"김 교수! 잘 지냈어요? 전화 연락이 잘 안 되더라고. 오늘 법원 판결이 났어. 직권 면직 무효 소송에서 우리가 승소했어요."

“아, 네…….”

“없어진 과는 어쩔 수 없겠지만, 우선 다음 학기에 복직이 될 거예요. 재단 비리 문제로 현재 관선 이사가 파견되어 있어요.”

“아, 네…….”

“폐과가 되었더라도 남아 있는 학생이 있는 한 교수 신분은 유지할 수 있다는 법원 판결이에요.”

“네. 고맙습니다. 도와드린 것도 없이 송구합니다.”

“내가 김 교수 사정 다 알잖아. 같이 한번 모입시다. 다시 연락할게요.”

전화를 끊고 멍하니 차창을 바라본다. 사이드미러에 적힌 말이 새삼스럽다. 사물이 거울에 보이는 것보다 가까이 있음.

석이 회사가 부도가 났어. 값싼 중국 석재가 밀려들어 와서. 투자금도 그렇지만 대출금을 갚지 못해서, 일단 석이는 외국에 나가 있는 상태야. 언제 들어올지도 막막하네. 다행히 집은 공동 명의로 되어 있어서 절반은 내 거니까 모두 변제를 해야 할 의무는 없지만, 모르겠어. 집달리가 쳐들어올 날도 얼마 남지 않은 거 같고. 겁난다, 승호야.

송희에게 받았던 전화를 기억해낸다. 일단은 그녀에게 전화를

해봐야겠다. 그리고 두려운 나날을 보내고 있을 그녀에게 가야
겠다.

"겸아, 고속도로로 가자! 알았지?"

액셀러레이터를 힘껏 밟자, 차는 생기를 얻은 듯 튀어 나간다.

"네!"

겸이의 높고 가파른 음성에도 힘이 돈다.

"캘리포니아여, 내가 간다."

내가 애니메이션의 대사를 흉내 낸다.

"달려라, 맥퀸!"

아이도 손에 쥔 자동차를 높이 들고 한껏 소리를 지른다.

충분치는 않지만 생을 조금 더 연장시킬 수도 있겠다는 생각이
찾아든다. '생은 난처한 사건의 연속이라는 오래된 가르침을 기억
하라'라는 호피 족의 말을 떠올린다. 길은 시작도 끝도 없다. 하나
의 길은 세상의 모든 길과 연결되어 있기에.

삶의 새로운 윤리를 위하여

이경재 (문학평론가)

1. 우리 생의 지옥도

승호는 자폐아인 아들과 함께 자살 여행을 떠난다. 이 길은 곧 자신의 지난 삶을 다시 체험하는 과정이기도 하다. 승호는 자신의 삶을 끝마치기 전에 자신의 고향부터 시작해 삶의 흔적이 남은 여러 곳을 돌아보는 중이다. 승호의 이러한 결심은 그의 고통스러운 삶에서 비롯된다. 이 작품은 거의 대부분 승호가 지금 얼마나 난처한 처지인가를 보여주는 데 집중하고 있다.

대학원에서 문학을 전공한 승호는 시간강사가 되어 서울, 경기, 강원 지역의 대학을 돌아다닌다. 강의를 하고 모텔 방에 들면 언제나 "세상의 가장 외진 곳에서 멸종을 기다리는 병든 짐승과 같은 심정"이다. 국내에서 가장 오래된 월간 문예지로 등단하고 작품집도 낸 승호는 어렵게 교수가 되지만, 실제로는 연봉이 이천사백만 원밖에 되지 않는 무늬만 교수이다. 학생들은 전 학년을 다 합쳐도 오십 명이 채 되지 않으며, 아이들은 '시창작'이나 '소설창작' 이전에 "모든 커리큘럼을 폐기하고 아예 받아쓰기부터 다시 해야 할" 수준이다. 그마저도 학과가 없어지는 바람에 승호는 해임이 된 상태이고, 동료 교수들은 해임 무효 소송을 하고 있다.

승호가 대학원 시절 학원에서 만난 수학 강사였던 아내 역시 일찍 부모를 잃고, 언니와 반지하 방에서 악다구니를 쓰며 살아왔다. 너무도 가진 것 없이 출발한 그들의 삶은 점점 피폐해진다. 그들의 고단한 삶에 결정타를 안긴 것은 아들 겸이가 자폐라는 사실이다. "현실과 아무런 맥락이 닿지 않는 생각 속에 갇혀 있는 아이"인 겸이는 자신의 생각과 충동을 제어하지 못한다. 겸이의 자폐 증세로 병원과 각종 치료 시설에 매달 내야 하는 돈은 만만치 않다. 생활비는 물론, 아이 병원비, 약값, 교육비를 모두 카드로

지출할 수밖에 없는 처지이기에 아내는 모두 다섯 개의 카드를 돌린다. 카드 연체 금액은 눈덩이처럼 불어나고, 사천만 원의 연체금이 칠천만 원이 되는 데는 채 이 년도 걸리지 않는다. 결국 삶에 지친 아내는 "베란다에서 뛰어내리고 싶다."는 말을 무시로 할 정도에 이른다. 현실의 고통을 참지 못한 아내는 이 년 전 집을 나갔고 아무런 연락도 하지 않는다.

이 사회 역시 자폐아 겸이에게 아무런 도움이 되지 않는다. 과잉 행동은 주의력 결핍을 동반하여 학습 장애와 사회성 결핍으로 이어지고, 유치원과 초등학교에서는 겸이를 배려하기는커녕 철저하게 소외시키고 왕따시킨다.

여기까지 읽은 독자라면 김정남의 『여행의 기술』은 우리 시대의 절실한 고통 하나를 응시한 작품으로 이해할 수도 있다. 승호와 같은 '학벌 사회의 잉여 인간들'은 한 개인의 특수한 불행을 넘어 무시할 수 없는 숫자로 우리 주위를 채우고 있는 것이 엄연한 현실인 것이다. 더군다나 인문학 전공자들의 불우함은 그 정도가 더 심하다고 할 수 있다. 그런 측면에서 김정남의 이번 작품 역시 리얼리즘적인 시각에서의 독해를 가능하게 한다. 그러나 이 작품은 결코 평범한 리얼리즘 소설을 추구하는 것은 아니다. 오히려 보통의 소설이 금기로 삼는 우연과 극단적 설정을 전면화함으로써, 사회나 현실보다는 승호라는 인간에게 주목하도록 만든다.

승호의 아버지는 집안의 장남이었고 함흥상업학교까지 졸업한 수재였다. 홀로 월남해 어업조합 서기로 일하면서 여자를 만나 정착한 곳이 바로 속초이다. 나름 평화롭게 살아가던 아버지는 단골로 드나들던 주물럭집 주인 여자와 바람을 피우다 여자의 남편에게 살해당한다. 이후 어머니는 포목점을 하며 생계를 이어나가지만, 화재로 인해 사망한다. 하나 남은 피붙이인 누나의 삶 역시 고통스럽기는 마찬가지이다. 근 십 년 동안 살림을 한 누나는 독실한 기독교인이면서 중학교 영어 선생인 포항 남자에게 시집을 간다. 그러나 누나는 아기가 생기지 않는 몸을 가지고 있었으며 그로 인해 시집의 구박을 받는다. 그것도 모자라 매형은 휴거론에 심취하고 행방불명이 되었다가 변사체로 발견된다. 누나는 이후 분식집을 운영하다가 1남 1녀의 자식이 있는 이혼남과 재혼을 하지만 여전히 불행하다. 정리하자면 "칼 맞아 죽은 아버지와 불에 타 죽은 어머니를 둔 가난뱅이, 종말론에 미친 남편을 둔 불쌍한 누나가 유일한 피붙이"인 사람이 바로 승호인 것이다. 이처럼 특별한 삶을 경험한 승호의 모습을 통해 『여행의 기술』은 단순한 리얼리즘 소설이 아닌 다른 차원의 문제의식을 던져주는 작품으로 그 위상이 변모된다.

이 작품은 우리 시대에 존재하는 수많은 지옥도 중의 하나를 펼쳐 보이는 동시에, 그 위에 심각한 주름을 펼쳐놓음으로써 오히려 현실보다는 그 지옥 속을 걸어나가는 승호라는 인물에 주목하도록 만든다. 이 주름은 승호와의 거리를 만들고, 그 거리를 통해 새로운 독해의 방법을 제시하는 것이다.

2. 속물과 잉여

1인칭 주인공 시점으로 되어 있는 이 작품은 승호라는 새로운 인간형의 창조로 기억될 만하다. 이 인간을 가득 채우는 것은 자기 연민이다. "우리는 서로를 사랑한다 했지만, 사실은 스스로를 연민한 것이었다."에서 알 수 있듯이, 아내와 결혼한 이유도 자기 연민 때문이다. 아내와의 사이에서 느끼는 다음과 같은 불평 역시 자기 연민에 따른 것이라 할 수 있다.

늘 자기 좋은 일만 하고 돌아다닌다고 나를 원망했지만, 그 잘 난 강의라도 해야 살 수 있고, 항상 못마땅하게 여기지만 자학적 인 글이라도 써야 나 자신을 유지할 수 있으니, 날 좀 이해해줘. 넉넉히 벌어 오지는 못해도, 무책임하려고 무책임을 즐기는 건 아니잖아. 명옥아. 응? 기회가 있을 때마다 이런 식으로 내 마음 을 전했지만, 아내는 내 상황을 조금도 용납하지 않았다.

승호는 "세상은 단 한 번도 나에게 안식을 주지 않았다. 자꾸 뒤 를 돌아본다는 것은 지나온 생이 억울한 거지. 상처가 지워지지 않 고 있다는 거지."라고 생각한다. 누나를 오랜만에 만났을 때도 자 신의 삶은 "억울한 생"이라고 느낀다. 자기 연민은 자기가 상처를 받았다는 의식에서 비롯되고, 그것은 결국 세상에 대한 원망으로 까지 이어진다. 승호는 "저세상으로 간 내 부모의 영은, 그 잘난 신에게, 우리 아들 좀 그만 괴롭히라고 왜 간하지 못하나."라고 불 만을 토로하는 모습까지 보여주는 것이다.

앞 장에서 살펴본 것처럼, 승호가 처한 입장은 충분히 불행한 것 이다. 승호는 상처로 점철된 가난한 가정에서 나고 자라, 그만큼 이나 불행한 상황의 아내를 만나 결혼을 했다. 또한 이 사회는 그

가 힘들게 쌓아온 학업의 가치를 자신이 생각하는 만큼 인정해주
지 않는다. 더군다나 그의 아이는 자폐아라는 천형과도 같은 고통
을 받게 된 것이다. 말할 것도 없이 이러한 상황은 자기 연민에 빠
지기에 충분한 상황이다.

그러나 승호의 자기 연민은 지나치다. 이러한 과도한 에토스
의 정체는 승호가 이 사회의 잉여라는 점과 분리해서 생각할 수
없다. 잉여는 체제 안으로 포섭되려고 부단히 노력하지만 경쟁에
서 밀리고 배제된 수동적 아웃사이더이자 실업자이자 불안정 노
동자이다. 잉여의 에토스를 구성하는 대표적인 정서적 행동은 냉
소주의로서, 자신을 비하하고 세상을 냉소한다.[*] 자기 비하와 자
기 연민은 정반대되는 삶의 태도인 것 같지만, 자신을 정면으로 대
면하기 거부한다는 점에서 두 가지는 동일하다. 무엇보다 승호의
자기 연민이 궁극적으로 향하는 것은 자살이라는 점에서, 그의 연
민은 자기 냉소보다 더욱 파괴적이다.

그러나 이쯤에서 한 가지 짚고 넘어가야 할 것은 그러한 고통의
책임이 전적으로 외부에서만 오는 것인가에 대해서이다. 승호는

---

[*] 백욱인, 「속물 정치와 잉여 문화 사이에서」, 『속물과 잉여』, 지식공작소, 2013, 3~16쪽.

자신을 이 사회의 온전한 피해자로만 자처하지만, 과연 그가 받는 고통에 그가 차지하는 몫은 존재하지 않는 것일까? 결코 그럴 수는 없다. 이 작품에서는 그것이 승호의 불륜을 통해 압축적으로 드러난다.

승호 자신의 말처럼, 아내인 명옥이 "아이와 함께 피를 토하는 시간"에 승호는 송희라는 옛 추억의 여인을 만나 불륜 관계에 빠져든다. 고등학교 시절 승호는 문학 서클 활동을 하며 송희를 만났는데, 당시 승호는 송희를 사이에 두고 석이와 삼각관계를 형성한다. 그 삼각관계의 승자는 석이였고, 석이와 송희는 결혼을 한다. 승호가 박사과정을 수료하고 보따리장수를 시작하던 무렵 송희에게서 십 년 만에 연락이 온다. 송희는 일중독에 빠진 남편 석이 때문에 외로움을 느끼고 있었던 것이다. 결국 승호는 송희와 불륜 관계에 들어가고, 학교에 내려와 있는 주중에는 이틀이 멀다 하고 송희를 만난다.

또한 송희와 만나는 승호의 심리 역시 흥미롭다. 승호는 "나 역시 속물적인 남자였기에, 석이에 대한 복수심과 송희에 대한 원망을 풀어버릴 기회를 놓칠 수 없었다."고 생각한다. 위의 문장에서 '속물'이라는 말에 주목하지 않을 수 없다.** 속물이란 자신에 대한 성찰과 반성이 없는 주체로서, 자기의 내면이 텅 비어 있기에 축적과 소비에 집중한다. 자기 성찰에 바탕해 현실과 마주하는 진정성의 윤리 대신 성공과 축적이라는 가치를 최우선에 두는 것이다. 결국 승호가 송희를 만나는 것 역시 진정한 사랑에 바탕한 행위라기보다는 타인의 시선에 의해 평가된 하나의 가치를 소유하는 속물적 행위에 불과하다.

그러고 보면, 승호가 지나치게 타인을 의식하는 모습 역시 속물성과 연관된 것으로 이해할 수 있다. 고유한 내면이 존재하지 않는 텅 빈 주체로서의 속물은 타인 지향적인 모습을 보여주기 때문이다. 승호는 "식당 어디를 가든 우린 다정한 부자로 보일 수 있다, 보일 것이다, 보여야 한다."고 생각한다. '보일 수 있다, 보일 것이다, 보여야 한다'라는 반복 속에서는 타인의 시선을 의식하는 강박을 느끼지 않기는 어렵다. "이런저런 생각들이 모두 타인의 눈을 의식하는 것들이어서, 갑자기 자괴감이 든다."고 할 때의 자괴감은 자신의 속물성을 간파한 승호의 보기 드문 자기 성찰이

** 이와 관련해 김정남의 소설집 『숨결』(북인, 2010)에 쓴 정은경의 해설은 주목을 요한다. 정은경은 김정남의 소설에서 많은 인물들이 속물성을 보여주며, 진정성은 오직 동물적 욕망으로 성립한다고 보았다. 이것은 결국 신자유주의적 에토스의 산물이라고 결론 내린다.

라고 할 수 있다.

3. 소통과 이해

이 작품에서 또 한 명의 주인공이라 할 수 있는 겸이는 자폐아
이다. 이러한 설정은 이 작품을 자연스럽게 소통과 이해라는 문제
에서 생각하게끔 만든다. 앞에서 살펴본 것처럼, 작품의 상당 부분
은 자폐아가 겪는 사회의 차별과 냉대, 그리고 자폐아를 기르는 부
모의 고통에 집중되어 있다. 그러나 승호의 진단대로라면, 이 모든
것은 "아이의 순백의 마음을 이 세상의 윤리와 관습은 받아들이지
못한" 결과이다. 승호는 아이의 말을 찬찬히 생각해보면, 이해 못
할 것이 없음을 알고 있다. 맥락이 없이 엉뚱한 말과 행동을 한다
는 판단은 어른들의 생각일 뿐이라는 것이다. 승호는 겸이가 스트
레스를 받을수록 "자신에 대한 관심과 사랑을 재확인"하기 위해
서 이치에 닿지 않는 말로 사람을 괴롭힌다는 것까지 알고 있다.
더군다나 승호는 "글을 쓴다는 사람이, 말의 심연을 이해하지 못
한다면 안 될 일이다."라고까지 다짐한다.

그럼에도 실제 승호의 행동은 이 사회가 승호를 대하는 폭력적인 태도와 별반 다르지 않다. 승호는 겸이의 처지를 뻔히 알면서도 자폐적 특징을 보이는 상황이 되면 윽박지르고, 손이 올라가고, 그렇지 않으면 회초리를 든다. 심지어는 "약 하나도 제대로 못 받아먹어? 에잇!"이라거나 "지금 네 엄마가 죽었단 말이다. 이 병신 새끼야."라며 폭언을 한다. 겸이를 보며 승호는 "볕 좋은 날 탈탈 털어 빨랫줄에 널어 말리고 싶다는 아내의 말"을 떠올리는데, 이러한 세탁에의 욕망은 겸이를 완전한 대상으로 인지했을 때에만 가능한 것이라고 말할 수 있다.

이러한 승호의 일방적인 태도는 겸이를 자기 죽음의 길동무로 삼고자 하는 욕망으로까지 이어진다. 승호는 "산목숨을 끊는 일은 쉽지 않았다. 다 같이 죽어버리면 몰라도."라며 겸이와 함께 죽고자 마지막 여행을 떠나는 길이다. 승호는 "내가 저 아이의 생명을 뺏는 것은, 살아서 더 고통스러울 아이의 인생을 이쯤에서 멈추어주겠다는 뜻이다. 어느 누구도 나를 욕할 수 없다."고 확신한다. 이러한 욕망은 다음의 인용에서처럼 이 작품에서 반복해서 나타난다.

더 이상 가진 것도 없이 스스로를 버릴 일 하나만으로 가고

있다. 그리고 나의 분신, 겸이. 너는 나와 한 몸이니 같이 가야

한다. 이 아비나 너의 생은 애초부터 틀렸어. 그럼 처음으로 다시

돌아가야 하는 거야.

집도 없이 매일같이 돌아다녀야 하는 네가 불쌍하구나. 미안

하다, 겸아. 이제 곧 이 지긋지긋한 시간을 끝내자. 조금만 기다려.

겸이를 "나의 분신"이자 "나와 한 몸"으로 생각할 때, 올바른 이

해나 소통은 이루어질 수 없다. 나아가 그것은 상대방의 목숨까지

빼앗을 수 있다는 무시무시한 생각으로 이어지며, 설령 상대방과

대화나 악수가 이루어진다고 해도 그것은 거울과 나누는 착각에

불과할 것이다.

4. 마지막 윤리

여행이 막바지에 이르렀을 때 승호는 아내인 명옥이 죽었다는

처형의 연락을 받는다. 처형은 술집 마담으로 일하고 있었고, 부산에 온 명옥은 그곳에서 실장일을 보았다. 명옥은 살해당하는 날 2차를 나갔다가 변을 당한 것이다. 장례식장에서 처형은 그동안 명옥이 번 돈이라며 약 팔천만 원이 남아 있는 통장을 승호에게 건넨다.

그 후 승호는 "이명옥 씨 살해 사건 용의자"로 경찰에 체포되는 꿈을 꾼다. 형사는 승호에게 집 나간 아내와 통화도 거의 하지 않은 이유가 뭐냐고 묻는다. 이어서 범인을 잡았으며, 그 사건의 배후는 승호가 아니냐고 추궁한다. 그 순간 승호는 잠에서 깨어나는데, 형사의 심문이야말로 승호의 죄의식을 그대로 보여준 것이라고 말할 수도 있다. 아내가 집을 나간 지 이 년 만에 처음으로 한 전화를 받고, 승호는 아무 대답도 없는 전화기에 대고 "차마 입에 담지 못할 욕"을 했던 것이다. 전화기 건너편에서는 울음소리가 들려오고, 승호는 "계속 울음소리를 듣자고 수화기를 들고 있을 수는 없을 것 같다."는 생각에 곧 종료 버튼을 누른다. 그 전화는 아내가 죽기 전에 한 마지막 통화였음이 나중에 밝혀진다.

마지막은 이 작품의 압권이다. 문창과 학과장은 전화를 해서 소송에서 승소했기 때문에 승호가 교수 신분을 유지할 수 있게 되었

음을 알린다. 송희는 또한 남편인 석이가 부도가 났음을 그리고 외
국에 나가 언제 돌아올지도 모르는 상태임을 알려준다. 이에 승호
는 "두려운 나날을 보내고 있을 그녀에게 가야겠다."고 생각한다.
그 모든 달라진 상황 속에서 승호는 "충분치는 않지만 생을 조금
더 연장시킬 수도 있겠다는 생각"을 하며 소설은 끝난다. 승호가
생을 연장시키기 위해 필요했던 것은 '팔천만 원이 든 통장', '연봉
이천사백만 원짜리 교수 자리', '남편과 별거에 들어간 애인' 등이
었음이 드러나고 순간이다.

김정남의 『여행의 기술』은 승호를 통해 '학벌 사회의 잉여 인간'
이라는 현시대의 문제적 인간을 그린 것만으로도 한국현대문학사
에 기록될 만하다. 나아가 이 작품은 속물과 잉여 사이를 끊임없이
오르내리는 승호라는 주체의 심리적 에토스를 주밀하게 형상화해
내고 있다. 승호는 끊임없이 타자로부터의 인정에 목말라하는 속
물이다. 애당초 그에게는 자신을 판단하는 고유한 성찰적 힘 따위
는 존재하지 않는 것이다. 안타깝게도 세상은 그에게 성공과 축적
이라는 훈장을 허락하지 않았고, 그 결과 승호는 이 사회의 잉여
가 될 수밖에 없었다. 결국 그는 지옥 같은 자기 연민에 빠져 허우
적거리다 죽음을 선택한다. 마지막 순간 승호에게는 생명을 연장

할 조건들이 주어지지만, 아무도 승호 앞에 새롭게 주어진 삶을 죽음보다 나은 것이라고 말할 수는 없을 것이다. 그렇다면 승호는 작가가 말하고자 하는 바를 뒤집어서 말하는 하나의 문학적 장치라고 보는 것이 타당할 것이다. 김정남은 『여행의 기술』이라는 장편소설을 통해 '자기 옆에 있는 사람과 소통하기', '자신의 얼굴로 살아가기', '자기 인생에 스스로 책임지기' 등이야말로 속물과 잉여로 모든 주체를 조형해내는 이 무지막지한 시대를 살아가는 초라한 인간들의 마지막 윤리라고 힘주어 말하고 있다.

죽지 않으려고 이 글을 썼다.

글쓰기는 내 생의 면천(免賤)을 위한 유일한 무기이자

치명적인 숙명이기도 하다.

오욕이 숙주가 되어 글로 태어난다는 것,

이것은 교언영색(巧言令色)하는 세상에 대한

내 뜨거운 분노의 증거이기도 하다.

7번 국도,

야윈 등줄기를 매만지듯 그 길을 걸어보라.

휘황한 세계 속에서 잃어버린 그대의 고적한 영혼이

거기 숨 쉬고 있다.

2013년 초겨울

김정남